allerhand und überhaupt

Herwig Wolf

allerhand und überhaupt

Bibliografische Information der Deutschen Nationalbibliothek
Die Deutsche Nationalbibliothek verzeichnet diese Publikation in
der Deutschen Nationalbibliografie; detaillierte bibliografische
Daten sind im Internet über http://dnb.dnb.de abrufbar.

© 2014 Herwig Wolf
Satz, Umschlaggestaltung, Herstellung und Verlag:
BoD – Books on Demand
ISBN 978-3-7357-3257-6

Inhaltsverzeichnis

Die Hochzeit

„Claudias Cousine heiratet am nächsten Samstag in Graz, in Liebenau, kirchlich und ganz in Weiß!" Wir fuhren mit dem Auto hin und waren rechtzeitig dort. Einige Leute kannten und begrüßten wir, manche nicht, aber das war kein Problem, denn kurz darauf begann sich schon der Einzug zu formieren und wir mischten uns unter die Gäste.

Die Kirche war nicht sehr groß, typisch barock, etwas kühl, aber schön. So eine Hochzeit ist eben schon etwas Besonderes. Ich schaute meine Frau von der Seite an und sah das Funkeln in den feuchten Augen.

Sollte ich gleich nach vorne gehen zu den Altarstufen, oder gar bis zu der Türnische der Sakristei, aus der der Pfarrer soeben mit zwei Ministranten gekommen war? Meine Frau will nämlich, dass wir Edith einen Film von ihrer Trauung schenken; ist ja auch eine gute Idee und ich mache gerne schöne Filme. Nach kurzem Check meiner neuen Handycam pirschte ich mich möglichst unauffällig auf der linken Seite entlang bis zur Kanzel. Da tauchte jemand, der die Kamera schon im Anschlag hatte, plötzlich hinter der letzten Säule auf und versperrte mir den Weg. Das war sehr unfair und ärgerlich. Dafür blieb ich stehen, während der andere in die Hocke ging.

Der Ministrant stand so unglücklich vor der Braut, dass man ihr Gesicht nicht richtig sehen konnte. Wie heißt sie eigentlich? Edith? Ich schob mich an dem Kerl vor mir vorbei, über zwei Stufen hinauf und näher zum Altar. Jetzt war ich sogar höher oben als der Ministrant und konnte Edith gut sehen. Das Display zeigte brauchbare Lichtwerte an und ich zoomte Ediths Oberkörper ganz her. Ihr Mann störte aber. Er wackelte mit dem Kopf und überhaupt.

Inzwischen musste wohl schon die Wandlung gewesen ein, weil die Ministranten mit ihren Schellen zweimal geläutet hatten. Meine Audioanzeige lag im grünen Bereich: Alles unter Kontrolle. Das wird ein schöner Film.

Kurz zuvor hatten sich auf der rechten Altarseite gleich drei Filmer postiert - vielleicht sogar zu nahe, denn der Ministrant versuchte gerade sein Kleid unter einem fremden Schuh hervorzuziehen. Doch was war das für ein Blitz hinter dem Hauptaltar? Eine Frau im Hosenanzug, mit einem Fotoapparat stand dort und noch jemand kam dazu und blitzte. Allerhand! Nur gut, dass ich schon alles auf meinem Chip drauf habe.

Als ich den rechten Ellenbogen auf den Altar stützte, weil ich nicht wackeln wollte, war die nervende Frau mit ihrer lächerlichen Toshiba-2 auch ganz nahe da und fotografierte über meinen Kopf hinweg.

Ich wollte das knieende Brautpaar nun in voller Größe aufnehmen, als sich noch so ein billiger Knipser neben den Bräutigam stellte, um ihn von oben herab unter die Lupe zu nehmen. Edith war der Schleier verrutscht und der Pfarrer legte schützend seine Hände auf beide Schultern. Also das ging nun wirklich zu weit: Ich zog den Pfarrer zurück und mein unfreiwilliger Compagnon mit dem alten Camcorder nickte mir wohlwollend zu. Er hatte sein Objektiv weit ausgefahren. Zur Not könnte ich mir ja seine Sequenz überspielen und mit einbauen. Das hatte ich bei der Taufe von Jonas voriges Jahr auch so gemacht.

Das eigentliche Eheversprechen ging leider unter, weil plötzlich alle Besucher zum Altar drängten und auch etwas sehen wollten. Zwei Kinder kletterten plötzlich Edith auf den Schoß und Jessy, der Pudel von Tante Milli bellte, denn er wollte auch seine Nase mit reinstecken. Das Brautpaar war mit dem Pfarrer, der sich nicht mehr abdrängen ließ, schließlich völlig unter den zwölf Objektiven verschwunden und nicht mehr aufnehmbar.

So spielten wir die Ringzeremonie nach der Trauung noch einmal nach und den Kuss habe ich in Dreifachzoom und Superzeitlupe aufgenommen. Toll.

Wenn wir zu Hause sind, können wir uns ja dann die Trauung (von Emma?) einmal in Ruhe anschauen. Ich bin schon neugierig, wer da aller zu sehen sein wird, wen wir noch kennen lernen sollten, wie die Stimmung so war na und überhaupt. So eine Hochzeit ist eben schon etwas Besonderes.

P.S.: Das war einer meiner schwärzesten Tage: Der Chip in der Kamera war verschwunden!

Die Tante

Vorige Woche hatte Julia ihren 2. Geburtstag. Wir waren zur Geburtstagsfeier am Nachmittag bei Tochter und Schwiegersohn eingeladen. Wir freuten uns auf ein Wiedersehen und ich mich besonders auf die Torte.

Mitgebracht haben wir einen Puppenwagen und einen Strauß Blumen. Von ihren Eltern hatte Julia ein Tischchen mit einem dazupassenden Stühlchen bekommen. Übrigens in Rosa, wie es sich für eine Prinzessin geziemte.

Das Telefon läutete. Es war Tante Martha. Sie wäre gerade in der Stadt und würde gerne Julia zum Geburtstag gratulieren und ob sie zu Hause wären. Tante Martha war nicht gerade die Lieblingstante unseres Schwiegersohnes, aber nun ja.

Kaum hatten wir das Glas erhoben, klingelte es schon an der Wohnungstür. Tante Martha war da. Sie presste sich durch die Eingangstüre und wartete auf ein Begrüßungsküsschen. Den Hut behielt sie auf und steuerte auf Julia zu, die vorsichtig, wie sie nun einmal war, hinter dem Vorhang hervorschaute. Doch als Tante Martha zwei glitzernde Schüchlein aus ihrer großen Handtasche zauberte, war der Bann gebrochen und alle freuten sich.

Doch, wo sollte Tantchen nun an dem relativ kleinen Esstisch sitzen? Wir stellten ihn an die Stelle des Wohnzimmertisches, diesen auf den Balkon und die Wäschespinne dafür in die Küche. Unser Schwiegersohn holte noch die Mineralwasserkiste vom Vorhaus, legte ein Sofakissen darauf und hatte auch einen Sitzplatz. Tante Martha beherrschte eine Längsseite alleine und wir fünf anderen bildeten quasi den Reifen zum schmucken Edelstein.

Die Torte war gut, Julia sehr brav, Martha gesprächig und wir horchten zu.

Conny brachte noch ein Album mit den Bildern vom letzten Winter und Carsten machte ein paar Fotos.

Es war ein netter Nachmittag und als wir Anstalten machten, nach Hause zu fahren, ließ sich Tante Martha doch glatt überreden noch einen Sherry zu nehmen und ein Weilchen zu bleiben.

Wir waren schon lange zu Hause, hatten den „Tatort" gesehen und überlegten zu Bett zu gehen. Da läutete das Telefon und Conny erzählte mit gedämpfter Stimme, dass Tante Martha bei ihnen bleiben wolle und das Bad schon seit einer halben Stunde blockiere. Ja, Julia würde schon schlafen und Carsten hätte auch die Wohnzimmercouch schon hergerichtet. Es sei einfach so schön hier und wo sie schon einmal da wäre und morgen, ja da wolle sie sowieso gleich in der Früh zum Arzt und außerdem hätte sie auch noch eine Menge anderer Termine und überhaupt.

Ich meinte noch, Kindergeburtstage wären nun mal was Besonderes und voller Tücken, aber ganz überzeugend war ich wohl nicht dabei.

Freitag Mittag rief Conny wieder an und fragte, ob es uns recht sei, wenn sie uns übers Wochenende besuchen kämen. Das Wetter dürfte gut sein.

Ob es noch was Neues von Tante Martha gäbe? Oh ja, aber das würde sie uns dann später erzählen. Also dann bis Abend und sie freuten sich schon alle. Das Auto war zwar neu, aber die junge Familie schien um Jahre gealtert. Carsten war unrasiert und übel gelaunt. Conny hatte verschwollene Augen und kramte im Kofferraum. Julia, nun zwei Jahre und drei Tage alt, war in ihrem Sitz eingeschlafen. Was war passiert?

Tante Martha war noch immer da! Sie hatte die Couch umgestellt, sich Carstens Nachtkästchen genommen und ihm dafür die Mineralwasserkiste hingestellt. Plötzlich war auch ein Koffer da gewesen, der nun auf dem Tisch liegt, Julias Puppenwagen und Tischchen wurden auf den Balkon verbannt und im Bad hatte sie sich auch schön breit gemacht.

Das Frühstück war ihr sowieso zu wenig vollwertig, der Kaffee nicht der richtige und zu Mittag aß sie beim Chinesen drüben. Bei Julia im Spatzennest war sie auch schon gewesen, um den jungen Tanten dort auf die Finger zu schauen und ihren Golf hatte sie auf dem Kinderspielplatz geparkt, damit sie ihn jederzeit gut im Blickfeld hatte. Carsten machte so viele Überstunden wie noch nie und Conny war völlig verzweifelt.

Nun, wie sollte es weitergehen? In der Wochenendausgabe fanden sich einige interessante Inserate unter „Zu vermieten". Eine Wohnung, war tatsächlich wie aus dem Märchenbuch: Drei Zimmer, ebenerdig, kleiner Garten, eigener Autoabstellplatz und kaum teurer als die jetzige. Da fuhr ein blauer Golf vor. Conny wurde blass und Carsten griff nach der Hand seiner Tochter. Fehlalarm! Es war nur ein junges Paar, das freundlich grüßte und ins Haus ging.

Das restliche Wochenende wurde sehr anstrengend, weil noch am Sonntag übersiedelt wurde. Tante Martha war gerade ausgeflogen. Ihre Sachen ließen wir, wie und wo sie waren und den Zettel mit der neuen Anschrift steckten wir besser wieder ein.

P.S.: Julia schaute mit großen Augen zurück und sagte bedeutungsschwer: "Tante"!

Der Löwe

Matimba gähnte zufrieden. Es war zwar jetzt die trockene Zeit, aber auch die hatte ihre Vorteile, wenn man ein Löwe ist - und Matimba war ein Löwe. Er hatte vor dem letzten langen Regen den Kampf gegen seine zwei Rivalen um die Gunst der hellen Löwin für sich entschieden. Die Narbe unter dem rechten Auge war langsam genug verheilt, aber jetzt war sie sein Siegesmal und er ein kleiner König. Sein Reich, das es täglich zu verteidigen galt, reichte von den Akazien auf den Bergen dort oben bis hinunter zum Fluss und von den großen Steinen da drüben bis zur fernen Straße.

Matimba hatte es geschafft. Seine Frau lag neben ihm und die zwei Jungen an ihrer Seite. Die Äste des mächtigen Marulabaumes ließen nur wenig Sonnenlicht durch und das Gras bot einen guten Liegeplatz. Der Springbock hatte für ihn und seine Familie gereicht. Die Geier dort drüben waren auch schon fast fertig. Heute wollte er nicht mehr jagen. Es war ein heißer Tag und das Wasser unten am Fluss war fast versiegt. Ab und zu hörte man ein Brummen von der Straße her und eine Staubwolke zeigte die Richtung an, die die Brummer nahmen. Das waren die Autos mit Menschen. Sie waren ungefährlich, besonders, wenn sie stehen blieben. Matimba mochte die Autos nicht. Sie waren laut, stanken und überhaupt. Sie verscheuchten auch die Böcke, ja manchmal sogar die Gnus.

Matimba räkelte sich, und wie es sich für den kleinen König geziemte, stand er auf und wollte sich überzeugen, ob in seinem Revier alles seine Richtigkeit hatte. Er ging als erstes hinauf zu den alten, nackten, dunklen Granitsteinen, die die Silhouette bildeten. Hier war alles ruhig.

Die Zebras und die Oryxantilope standen mit zugewandtem Blick in ehrfurchtsvollem Abstand, jederzeit bereit, die Flucht zu ergreifen. Der Ausblick war grandios. Seine Frau und die Jungen lagen noch immer unter dem Baum.

Weit hinten kam Staub auf. Matimba spielte mit seinen Muskeln, warf den Kopf zurück und begann auf die Straße zuzutraben. Als er das Auto erblickt hatte, lief er ihm auf den alten Reifenspuren im Sand entgegen. Er wollte sich so ein Auto heute genauer ansehen. Es bremste und blieb stehen. Drei Menschen waren drinnen und einer hielt ein besonders großes Auge heraus. Er wackelte und war ganz nervös – und doch war er sehr froh und schaute nur auf den Löwen. So standen sie einige Atemzüge lang da, bis Matimba festgestellt hatte, dass eben doch nichts Besonderes dran war und langsam zwischen den Dornbüschen verschwand.

Der Mann im Auto war noch ganz sprachlos. Er konnte es nicht glauben. Da war er schon drei Tage in der Kalahari unterwegs, hatte viele Tiere gesehen, ja sogar zwei Löwinnen auf einem Felsen, aber jetzt da, das war der Höhepunkt. Er hatte seinen Löwen gefunden.

Zu Hause hatte er dann alles gut dokumentiert und im Stiegenhaus kann jeder Besucher das gerahmte Poster sehen mit der Aufschrift „Mein Kalaharilöwe".

P.S.: Matimba hatte die Sache also gut gemacht und wenn er nicht gestorben ist, so fotografieren sie ihn noch heute.

Die Trommel

Die Rinderherde war draußen am Rande der Savanne. Marud und die übrigen Hüter hatten sie zusammengetrieben und bewachten sie während der Nacht. Die Ziegen und Hühner waren herinnen und die Öffnung des Krals mit den Dornenästen war geschlossen.

Die Bewohner bereiteten sich auf die Nacht vor. Einige ältere Frauen hockten bei den Wasserkübeln und unterhielten sich. Nguma war der Dorfälteste und er begann seinen abendlichen Rundgang. Bei jeder Hütte blieb er stehen und schaute nach dem Rechten. Ondo war mit seiner Jembe beschäftigt und blickte fragend hoch. Ja, er sollte die anderen holen und sie könnten trommeln, der Mond stünde gut, die Geister würden warten und überhaupt.

Es waren zehn Männer. Jeder hatte seine eigene Trommel und sie saßen im Halbrund um das kleine Feuer in der Mitte des Platzes: Außen herum die alten Männer und ganz am Rande, gerade noch vom Feuerschein erfasst, die Frauen. In einigen goldenen Armreifen spiegelte sich das Flackern wider. Da setzten die ersten leichten Schläge des Leijo ein:
buum - bom, buum - bom, buum - bom, -
buum - baba, buum - baba, buum - baba, -
bubu - bomm, bubu - bomm, bubu - bomm, -
bubu - baba, bubu - baba, bubu - baba, ...

Alles war ganz ruhig geworden: die Tiere, die Männer, die Frauen. Die Schläge der Männer schienen träge und doch leicht zugleich zu sein. Einmal trafen sie mit der Handfläche, dann mit den Fingern, einmal in die Mitte des gespannten Felles, dann an den Rand, einmal fest, dann wieder leicht, einmal schnell, dann wieder zögerlich. Der Rhythmus begann zu leben.

Ondo lachte und man konnte seine weißen Zähne sehen. Die Männer wiegten ihre Schultern und ein unsichtbarer Dirigent schien sie zu führen. Sie fielen in den Shikuti, der den Galopp wiedergab:

tim–bum, bam–bum, tim–bum, bam – bum, in den Gundutulu: bam – bam, gundu-tulu, bam – bam, gundu-tulu, bam – bam, dann in den Mundiko mit seinen Pausen und nun begann das richtige Spiel:

Jeder hatte seinen Rhythmus gefunden, begann ihn zu variieren, zu forcieren oder wieder zu verlangsamen, übernahm einige Schläge lang das Spiel des Nachbarn, tänzelte davon, wurde zur Syncope, nahm sich wieder zurück und hielt nur den Grundschlag mit.

Die Trommeln sprachen miteinander und es entstand eine lebhafte Diskussion, bis alles gesagt worden war. „Communication", wie Ondo gerne sagte. Da lebte jede Seele der Trommler, wuchs zu einer großen Seele zusammen und schwebte über dem ganzen Kral. Ein leichter Wind trug die Klänge weiter und breitete sie über der Ebene aus. Communication. Die Gedanken und Wünsche waren verwoben in die vielen Rhythmen, die doch nur einer waren, wie ihr Atem.

Als das Feuer niedergebrannt war, konnte man ihre Gesichter nicht mehr erkennen. Die Sterne waren heller geworden. Es herrschte Friede. Vielleicht auch Friede in der ganzen Ebene. So einfach konnte das gehen? Unglaublich!

Ich trug das Bild in mir nach Hause. Eigentlich war es das einzig wirklich nennenswerte Erlebnis meines Urlaubs gewesen. Es war ein Glücksfall, dass unser Fahrer aus diesem Dorf der Samburu stammte.

Ich kaufte mir zu Hause eine afrikanische Jembe, machte einen Kurs und besitze inzwischen auch zwei CDs, aber nichts kommt diesem Abend von damals mit seinen Klängen gleich:

buum - bom, buum - bom, buum - baba, buum - baba, bubu – bomm, bubu – bomm, bubu – baba, bubu – baba, tim – bum, gundu-tulu, bam-bam …

P.S.: Wenn ich manchmal beim Autofahren den Gundutulu auf dem Lenkrad trommle, trifft mich unweigerlich der kritische Blick meiner Frau. Sie ist eben eine Weiße.

Der Wohnblock

Gott sei Dank wird wieder mehr gebaut, denn Wohnungssuchende gibt es ja genug.

Eine neue Wohnanlage entsteht gerade am Westende von Dumpendorf: Schöne Gegend, leichter Südhang und nur eine Viertelstunde zu Fuß ins Zentrum.

Ja gut, die Pläne schauen etwas ungewöhnlich aus, aber das liegt daran, dass man heutzutage mehr denn je auf den Preis schauen muss. Der Grundbesitzer denkt sich schon etwas beim Parzellieren und der Architekt muss dann das Beste aus dem schiefen Grundstück herausholen. Das ist oft gar nicht so leicht.

Im Falle Dumpendorfs werden Kellerräume durch raffiniertes Freibaggern einiger Kellerfenster als Terrassenwohnungen deklariert. Die Autos fahren in vier Meter Entfernung und in Höhe der Vorhangkarniesen vorbei. Ein echter Vorteil für die künftigen Bewohner, weil ihnen die Fahrer nicht schamlos in die Wohnung schauen können.

Die Bewohner des Erdgeschoßes auf der anderen Seite sparen sich teure Jalousien gegen Sonneneinfall, weil sie ganz im Schutz des Nachbarblocks stehen. Die im ersten Stock müssen leider ohne Extras auskommen, dafür haben die im zweiten auskragende Balkone, die schon über die darunter fahrenden Fahrzeuge reichen. Slavko Iljic, der junge Bosnier, ist ganz begeistert davon, nur seine Mutter hätte es gern gesehen, wenn das Dach auch über den Balkon reichen würde. Aber alles kann man eben nicht haben.

Der Polier der Baufirma hatte zwar seine Bedenken, dass dies ordentliche Wohnräume werden könnten, doch der Baumeister hatte ihn sofort zu absoluter Solidarität mit der Geschäftsführung ermahnt. Wo käme man denn sonst hin!

Die Gemeinde als zuständige Baubehörde verwies lediglich auf den Mindestabstand von vier Metern, vertiefte sich in die abwasserrechtlichen Belange und betonte die gute Zusammenarbeit mit dem bekannten Bauträger. Max Aigner, so ein Berufsgrüner, hätte beinahe eine Debatte über Wohnqualität und so Zeug vom Zaun gebrochen. Da schritt der Bürgermeister jedoch gekonnt ein, lobte die aufstrebende Tendenz von Dumpendorf, den Fleiß seiner Bürger und lud zu einem kleinen Umtrunk ein.

Der Bau ging rasch von statten. Den Außenputz ersparte man sich durch das Anbringen von naturbelassenen Holzbrettern. Im Volksmund entstand rasch ein Name für die neuen Wohnanlage „La Baracka". In weiterer Folge gelang dem Baumeister in Zusammenarbeit mit dem Architekten und der Gemeinde ein Überraschungscoup: Die faden Walmdächer und gewöhnlichen Gaupen wichen einem eleganten

Flachdach, das durch seine klaren Linien und seine Schlichtheit bestach und außerdem noch begehbar war.

Die Gartenfirma, die für die Außengestaltung zuständig war, wollte den Auftrag wegen der hässlichen Anlage und den steilen Böschungen ursprünglich zurücklegen. Doch war es auch eine Herausforderung, zumal einige Zeitungen und der lokale Fernsehsender laufend neue Berichte brachten und viele Leute aus den umliegenden Orten kamen, um die hässliche „Baracke" anzuschauen. So entwickelte sich eine unerwartete Berühmtheit Dumpendorfs.

Der Landeshauptmann und der Leiter des Innovationsbüros im Bautenministerium brachten ihr politisches Gespür ein und luden zu einem Symposion. Es folgte ein europäischer Ideenwettbewerb für „Integrative Überarbeitungen". Überraschend gewonnen hat ein Projekt der 4. Klasse Hauptschule: Aus den Kellerwohnungen sollte ein Hallenbad werden, in den schattigen Erdgeschoßwohnungen könnte man ein Blindenheim unterbringen, im ersten Stock wäre betreutes Wohnen angebracht und oben am besten die Volkshochschule. Dazu passend wäre am Dach ein Fernrohr zur Sternenbeobachtung.

Da die Dumpendorfer eine sehr soziale Einstellung haben, wollten sie die einzige Anmeldung, nämlich Frau Iljic mit Sohn, nicht vor den Kopf stoßen und machten sie zur Hausmeisterin.

Die neue Anlage am Westrand Dumpendorfs wurde zwar ein halbes Jahr später fertiggestellt als ursprünglich geplant, bekam aber einen Anerkennungspreis des Landes für dynamische Weiterentwicklung des sozialen Wohnbaus und überhaupt.

Das Hallenbad von Dumpendorf wurde noch aufgewertet durch seine bekannten Lehmpackungen direkt vom Rande des Parkplatzes. Dem Blindenverband wurde noch ein Gehörlosentrakt angeschlossen, da die nahen Autos halt doch zu viele Decibel verursachten und das Fernrohr wurde praktisch zu einer Sternwarte, vor allem, wenn man auf die Sterne wartete.

P.S.: Inzwischen ist auch der Onkel von Iljic mit Familie eingezogen und ein Cousin hat sich auch schon angemeldet.

Der Baumeister

Es war wohl gleich nach Ostern gewesen, als ich Baumeister Fuchs kennen gelernt habe. Ich hatte zu einer kritischen Begehung unseres Stadtplatzes eingeladen. Von den Leuten blieb mir der Baumeister aus dem Nachbarort besonders im Gedächtnis, zumal ich versprochen hatte, ihm noch ein Scriptum zu geben.

Es vergingen einige Wochen, bis ich mein Versprechen eingehalten hatte und in sein Büro gekommen war. Er wirkte leger und gemütlich und lud mich auf eine Tasse Kaffee ein.

Wir unterhielten uns über meine Veranstaltungen, den Bach vor dem Haus, ein Apfelbäumchen, das nicht blühen wollte, den Unterschied zwischen Nord und Süd, die Problematik speziell von Reihenhäusern und überhaupt.

„Nur ein Moment!" Er führte mich zu seinem Zeichentisch, um mir einen Grundriss zu erklären: Ein junges Paar möchte an das alte Elternhaus anbauen, das Grundstück ließe nicht viel Spielraum zu, die Garage könnte man absenken und den Appartementtrakt als eigenen Baukörper ansehen. Wenn man die drei Eingänge zusammenfasste, wäre das zwar praktisch, doch dann würde das Stiegenhaus zu dominant, die Alten möchten keine fremden Autos vor ihrem Hause haben und die junge Frau spiele mit dem Gedanken, eventuell noch einen Therapieraum in Eingangsnähe unterzubringen …

Endlich auf der Terrasse, bot er mir eine Zigarette an und ich ihm das Duwort. Materielles versus Immaterielles. Wir begannen ein bisschen zu philosophieren. Dabei landete ich bei der heiligen Geometrie und er beim Geheimnis der Qualitätskontrolle. Er wirkte sympathisch und wir verstanden uns fast schon als geheime Freimaurer.

Er verschwand kurz und kam mit einer Flasche Rotwein zurück. Die Sonne war inzwischen untergegangen. Wir rauchten und tranken. Blaue Stunde. Wir entdeckten noch die gemeinsame Vorliebe für Italien, tauschten ein paar Eindrücke aus und er wimmelte den dritten Anruf von zu Hause ab: „Ja – leider – noch eine halbe Stunde". Der Mann hatte Steherqualitäten.

Nun, was soll ich sagen: Ich hatte eine schlechte Nacht, weil ich den Grundriss des Hauses immer wieder umgestaltete: Zentrum vergrößern, Abstellraum weg vom Süden, Besucherparkplätze nach hinten, Terrasse beim Fehlbereich anlegen usw. usw.

Franz rief mich am nächsten Tag an, ob ich mit ihm zum künftigen Bauplatz fahren und mit den Leuten reden wolle. Ich sagte zu und das Schicksal nahm seinen Lauf:

Ich übernahm die Planung und er hatte Zeit, einige empfohlene Bücher über die Wirkung eines Ortes, das Haus als Spiegel der Bewohner, die Kraft der Erde u.a. zu lesen. Die technische Beschreibung für den Einreichplan konnte ich von seinem Computer als pdf-Datei übernehmen und seine Unterschrift war reine Formsache.

Besonders faszinierte ihn Idee der Kraftlinien, die das Land durchziehen und wir machten ausgedehnte Exkursionen. Er hatte Gott sei Dank einen guten Polier, der den Bau fest im Griff hatte, und ich fand mehr und mehr Gefallen an dem bewussten Erleben, wie so ein Haus entsteht. Mit dem Lärm und dem Schmutz musste ich erst umgehen lernen, aber das Schließen der Baugrube und das Decken des Daches war schon etwas Beglückendes. Faszinierend fand ich das Ineinandergreifen der verschiedenen Professionisten: Während die Installateure die Heizschlangen in den Boden legten, durchzogen die Elektriker die Wände mit ihren Kabeln und ein Trupp passte die Fenster in die Öffnungen, während ein anderer schon mit dem Verputzen begann. Toll!

Der Bauherr war zufrieden und der Polier wuchs über sich hinaus. Ich lernte, staunte und versuchte den Überblick zu behalten und Franz schaute jedes Wochenende vorbei.

Bei der Firstfeier bot er mir die Prokura an.

So bauten wir, das heißt ich, Haus um Haus. Das größte war sogar eine Autobahnraststätte. Jeder war offensichtlich seiner Berufung gefolgt und hatte sich weiterentwickelt.

Franz veröffentlichte einige interessante Artikel über die Wahl der richtigen Plätze und gesundes Wohnen und brachte auch sein erstes Buch über die Lage von Kultplätzen im alpinen Raum unter meinem Namen heraus. Ich nahm dafür unter seinem Namen am Gestaltungswettbewerb für unseren Stadtplatz teil, und man wird es nicht glauben, ich gewann sogar! Jeder war nun am Höhepunkt seiner Karriere angelangt! Sollten wir die Namen tauschen oder die Diplome oder die Frauen?

Wir zogen uns wieder zurück auf die Terrasse seines alten Büros und tranken Wein.

Der kleine Bach gurgelte leise und die Sonne war schon lange untergegangen.

Mein Gott, war das schön gewesen, als wir uns damals mit unseren Ideen angesteckt hatten. Wir schauten uns an und mir fiel der Gedanke an die geheimen Freimaurer wieder ein. Er blinzelte mir zu und ich fuhr schließlich nach Hause.

Ich hatte wieder eine unruhige Nacht – zu viel war mir durch den Kopf gegangen. Sollte ich so weitermachen? War das Frevel, Schicksal oder ein Lausbubenstreich?

Das Telefon läutete und Franz fragte vorsichtig, ob er wieder in sein Büro einziehen könne. „Na klar, aber den Stadtplatz musst ab jetzt du verantworten!"

Er lachte und ich war erleichtert.

P.S.: Wir haben nun den schönsten Stadtplatz der Welt!

Das Seminar

Sie hatten sich auf einem Seminar kennen gelernt. Es ging um Steinheilkunde und fand in einem kleinen Nest statt. Quasi ein Grundseminar für alle, die Mineralien mögen und auch etwas über deren Wirkung erfahren wollen.

Die Runde der Teilnehmer war recht bunt: Die Jüngste war eine Studentin aus München, die Älteste eine Gärtnerin aus Sachsen und der Auffälligste ein Inder mit unverschämt gutem Deutsch. Interessanterweise waren sogar mehr Männer als Frauen auf dieser doch ein bisschen esoterisch angehauchten Fortbildung.

Die Seminarleiterin war leicht an ihrem langen roten Schal zu erkennen. Sie ging die Sache zügig an und nach der Vorstellrunde machten die ersten Skripten die Runde. Faszinierend waren der Tisch mit den vielen Steinen und der mit den Büchern, wo eines interessanter zu sein schien als das andere. Die Mitte der Runde bildeten am Boden ein großer Rosenquarz, eine Kerze, eine Feder und einer Schale Wasser – quasi die vier Elemente. Ja, das hatte schon was.

Nun, wem man in die Augen blickte, mit wem man sprach und wem man beim Essen die Schüssel reichte, hatte natürlich auch was. Edelsteine, Edelfräulein und ein edler Tropfen als Abschluss – das schien eine gute Mischung zu sein.

Michael war die Dunkle mit den langen Haaren schon am Parkplatz aufgefallen. Doch beim Essen saß sie an einem anderen Tisch. Am nächsten Vormittag konnte er alles klären, doch Nicole schien kein besonderes Interesse an ihm zu entwickeln und so konnte er ungestört viel über Sedimente, Silicium, Oktaeder und Härtegrade erfahren.

Michael war damit beschäftigt, sich einen Lieblingsedelstein zu wählen und entdeckte dabei immer wieder sein Edelfräulein. Doch das schrieb ständig und hatte keine Zeit für ihn. Aber so ein Vergleich war schon verblüffend: Gute Größe, wahrscheinlich angenehm anzugreifen, kräftige und schimmernde Farbe, überraschendes Funkeln, passives Ruhen oder doch aktives Glänzen? Gibt es eigentlich eine innere und eine äußere Härte? Wie erwirbt man einen Stein? Wie wertvoll ist er? Ja, er hatte es eben schon immer intuitiv gewusst: Schöne Steine ziehen ihn eben an. Ach ja, das Seminar hatte fünf Tage gedauert. Er hatte einmal mit Nicole am gleichen Tisch gegessen, ein paar Mal mit ihr geplaudert, sie hatte ihm auch ab und an zugelächelt, aber das war schließlich alles gewesen.

Zwei Monate später hatte er sich für das Aufbauseminar angemeldet, fuhr wieder in dieses Nest, das nur aus dem Seminarhaus zu bestehen schien und traf tatsächlich Nicole am Parkplatz. Er umarmte sie und spürte ihre Wange: Alabaster und Rosenquarz, aber ganz weich und wunderbar!

Die meisten Teilnehmer waren die vom letzten Seminar. Dipi, der Inder, fehlte, dafür war eine Wienerin da: kugelrund, laut und enthusiastisch.

Nebeneinander zu sitzen ergab sich nicht und die Pausen waren grundsätzlich viel zu kurz, um etwas Brauchbares zu unternehmen. An dem freien Abend, den es in dieser Woche gab, saß er lange mit Nicole oben im Seminarraum. Jemand hatte Musik-CDs mitgebracht, die Studentin tanzte und die Gärtnerin war in ein Buch vertieft.

Michael war eigentlich Fotograf, arbeitete aber in einer Werbefirma. Er war verheiratet, hatte zwei Kinder und wohnte in Wasserburg. Nicole war auch verheiratet, hatte drei Kinder, war zur Zeit ohne Arbeit und kam aus Augsburg.

Zu Seminarende wurden viele Adressen und Telefonnummern unter den neuen Experten ausgetauscht und Michael und Nicole verabschiedeten sich am Parkplatz noch ein zweites Mal. Doppelt hält eben besser und außerdem fühlte sich so ein Edelstein nicht nur gut an, sondern roch auch gut.

Sie blieben in Kontakt, aber das war eher ein Wackelkontakt. Sie schaute selten die e-mails an und er war oft telefonisch nicht erreichbar. Doch im Sommer führe sie mit ihrer Familie nach München und da könnte sie ja, wenn es ihm recht wäre und wenn es nicht zu viele Umstände machte, kurz bei ihm vorbeischauen. Er war begeistert und bestand auf einer Übernachtung in seinem Haus. Schließlich war es soweit: Sie kam mit ihrem Mann mit dem Auto. Die hinteren Türen sprangen auf und heraus purzelten drei Kinder und Wasti der Dackel. Bis alle alle begrüßt hatten, war einige Zeit vergangen und bis alle alles gegessen und getrunken hatten, war der Nachmittag fast vorbei. Der späte Spaziergang, den sich ihr Mann und seine Frau ausgedacht hatten, war mühsam und endete in strömendem Regen. Das gemeinsame Abendessen zu elft, denn inzwischen war auch die Katze im Hause, war gut bürgerlich, ebenso wie die Themen über Sturzhelme für Radfahrer, Mineralwässer im Supermarkt und die Simpsons im Fernsehen.

Nicole schenkte Michael so viele Augenaufschläge wie er sie in zwei Wochenseminaren nicht bekommen hatte. Doch der Abend verging und er hoffte, dass vielleicht nach dem Frühstück noch etwas Zeit sei, dass sie sich ein wenig näher kommen könnten. Er hatte sich so viel vorgenommen, was er ihr zeigen wollte, was er ihr sagen wollte, was er sie fragen wollte und eben überhaupt. Vielleicht könnte er sie bei der Hand führen, sie vielleicht küssen – ach Nicole!

Doch das Schicksal war hart: Von acht bis neun waren Bad und WC von allen Anwesenden in Beschlag genommen, von neun bis zehn wurde gefrühstückt und dann war es plötzlich eilig. Michael ergriff die Initiative und bot Nicole noch eine Zigarette auf der Terrasse an. Endlich fünf Minuten Zeit für die Zwei. Lang erwartet und teuer erkauft.

Doch seine Frau und ihr Mann wollten auch noch auf der Terrasse sitzen. Wasti hatte die Katze verjagt, sprang auch heran und ihre Kinder kamen und fragten, wann es denn endlich weiterginge. Sie drückte die halb geraucht Zigarette aus und ging zum vollgepackten Auto. Die Kleine von ihr musste noch einmal aufs Klo, zur Autobahn ginge es gleich da hinten links und alles Gute usw. usw.!

Michael umarmte Nicole: „Rühr dich wieder einmal". Es schien, als wäre nicht einmal genug Zeit, ihr in die Augen zu sehen. Ein letztes Winken durch die Autoscheibe und da, da war noch dieses Funkeln! „Servus"!

P.S.: Michaels Frau und Nicols Mann trafen sich wenige Zeit später zufällig auf einem Seminar für Kräuterheilkunde! So, so!

Der Rubin

Hans war letztes Wochenende auf der Mineralienmesse in Prag gewesen. Er hatte sich schon immer für Steine interessiert. Als kleiner Junge sammelte er gern Steine, später hatte er eine schöne Sammlung mit Versteinerungen, noch später kamen dann ein paar Marken und Münzen, dann die erste Freundin und schließlich versickerte seine Sammelleidenschaft.

Kleinere Rückfälle gab es immer wieder auf Reisen. Wenn er einen schönen Stein fand, landete der schon mal im Kofferraum des Autos oder im Koffer des Fluggepäcks. Ein bisschen Verwirrung erzeugte ein schöner runder Granit vom Mt. Kenia, den die Zöllner für eine Bombe hielten oder eine Koralle vom großen Barriereriff, wegen der dann die Boeing mit 450 Passagieren an Bord eine halbe Stunde Verspätung hatte.

Nun ja, Steine sind eben etwas Besonderes und sie führen ja auch ein Eigenleben. Sie verschwinden, wenn sie nicht mehr bleiben wollen, sie funkeln, wenn es ihnen gut geht, sie verblassen, wenn man sie vernachlässigt und sie treiben oft allerhand Schabernack.

Es gibt Leute, die glauben, dass Steine tote Materie sind. Na, die haben überhaupt keine Ahnung, wieviel Leben in so einem Stein steckt, obwohl oder gerade, weil er so alt ist. Da hat die Erde die tollsten Rezepte mit Molekülen und Atomen ausprobiert: Sauerstoff,

Kohlenstoff, Wasserstoff, Metalle aller Art und die ganze Palette von Elementen werden gekocht, gekühlt, gelagert und gepresst. Ein paar dürfen in geschützten Räumen zu Kristallen wachsen, bis sie von den Menschen entdeckt werden. Dann wird gehämmert, gebrochen, transportiert, ausgepreist und verkauft. Daher gibt es ja auch solche Messen und Geschäfte!

Die Messehalle war riesig. Es schien, als gäbe es hier tausend Stände, zehntausend Besucher und hundert Millionen Steine. Große Kristalle und Drusen standen im Licht der vielen Spots. Zimmerbrunnen, Halsketten, Armbänder und Feng-Shui-Glücksbringer pritschelten, klimperten und baumelten herum. Donuts, Handschmeichler und Trommelsteine übersäten die Tische. Mein Gott, wie heißen die alle und wozu sind sie gut?

Nach einer Stunde war er müde und vollkommen durcheinander. Im Grunde genommen kam ihm eigentlich nur der rote Rubin in den Sinn, den er gleich am Anfang gesehen hatte. Aber dann auch das schöne Chakrenset, die Achatscheibe mit den orangen und braunen Ringen oder der kleine Landschaftsjaspis oder der große Lapislazuli, der noch ganz unbearbeitet war oder …

Er raffte sich wieder auf und hastete im Laufschritt durch die Halle bis zu dem Stand mit dem Rubin. Hurra, er hatte ihn wieder gefunden! Er war nur so groß wie ein Fingernagel, aber perfekt. Nun, eine Einkerbung war schon da und ein Teil schien etwas dunkler zu sein, aber das machte nichts. Im Gegenteil, das machte ihn unverwechselbar, machte ihn zu einer eigenen Persönlichkeit. Hans drehte ihn mehrmals zwischen seinen Fingern und gab ihn schließlich auch nicht mehr aus der Hand.

„15 Euro?", „Aber gerne!" Hans war glücklich und zitterte leicht, als er den Stein in einsteckte. Jetzt erst hatte er Zeit etwas zu trinken.

Doch so richtig auch wieder nicht, denn den schwarzen Turmalin als Schutz am Computertisch wollte er auch noch mitnehmen, seiner Frau würde er wenigstens einen Türkis mitbringen, quasi ihren Lieblingsstein, das Chakrenset gehörte eigentlich sowieso in eine Mineraliensammlung und ein paar Rosenquarze müsste man auch jetzt und hier kaufen, weil sie da echt und günstig wären und eben überhaupt.

Am Bücherstand kaufte er sich noch ein schönes Lexikon mit den Beschreibungen und Abbildungen der wichtigsten Edelsteine. Im Vorübergehen entschied er sich noch für eine grüne Turmalinscheibe zum besseren Einschlafen und einen Nephrit zur Stabilisierung der Harnwege.

Schnell trug er seine Einkäufe zum Auto. Die Sonne stand schon tief. Jetzt merkte er erst wie hungrig und ausgedörrt er war und wollte sich eine Pause gönnen. Doch das ging nicht. Bilder von überquellenden Säcken mit bunten Steinen, samtausgelegte Schachteln mit glänzenden Trommelsteinen, handliche Holzkassetten mit Kristallen aus der ganzen Welt tauchten in seinem Kopf auf und trieben ihn wieder zurück.

Eine Achatpyramide, ein faustgroßer Bergkristall, eine kleine Amethystdruse, zwei Säckchen mit kleinen gemischten Steinen und schließlich noch ein Kassette mit den wichtigsten Heilsteinen der Hildegard von Bingen, ein echtes Stück Jade aus China, ein schimmernder Opal aus Australien und eine Topasscheibe, weil die gut für die Augen ist, mussten auch noch mit.

Draußen war es inzwischen finster geworden und der Parkplatz fast leer. Hans fuhr wie in Trance durch die fremden Straßen mit Peitschenlampen, bis er tatsächlich ein Autobahnschild mit Tabor – Budweis fand. Der Rubin hatte ihn wohl richtig geführt. Er griff in seine Hosentasche und holte ihn heraus. Zu Hause würde er ihn wohl erst einmal waschen und in die Sonne legen. Sollte er ihn immer in der Tasche tragen? Wohin würde er ihn am Abend legen? Würde das Licht wirklich durchscheinen? Woher kommt eigentlich die rote Farbe? Warum gilt er als alter Königsstein? Woher stammt eigentlich seiner? Schon wieder aufgeregt oder noch immer, schloss Hans für einen Moment die Augen. Er musste sich verdammt auf die Straße konzentrieren, aber er war sich sicher: Der Rubin hatte ihm kurz zugezwinkert.

P.S.: Wenn man die Wohnung von Hans betritt, sieht man er ist steinreich.

Die Brücke

Henry war fest entschlossen. Das würde nun schon sein dritter Versuch werden und der musste jetzt klappen. Er hatte sich gut vorbereitet: Die Rechnungen waren alle beglichen, das Zeitungsabo gekündigt, die Wäsche aufgeräumt, der Kühlschrank leer und ausgeschaltet, die Mailbox gelöscht und das letzte Taubenfutter auf das Fensterbrett gestreut.

Den Abschiedsbrief hatte er in einem Kuvert auf den Wohnzimmertisch gelegt, allerdings nicht zugeklebt. Er hatte seinen grauen Anzug gewählt, nach reiflicher Überlegung noch den Mantel angezogen und den Schirm mitgenommen. In Glasgow weiß man ja nie, ob es nicht gleich wieder regnet. Beim Versperren der Wohnungstür zögerte er noch einen Moment, weil er nicht sicher war, ob er doch besser die Kreditkarte zu Hause lassen sollte.

Im Sommer war es der penetrante Ölgeruch der Bahnschwellen gewesen, der ihn schließlich von den Geleisen getrieben hatte. Die Stelle war eigentlich sehr gut gewählt, weil der Zug dort die Höchstgeschwindigkeit erreicht. Aber gerade an diesem Tag sorgte ein Highlandhoch für ungeahnte Hitze. Es war schade, dass seine Nachbarin auf die Art von ihm nichts in der Zeitung lesen konnte. Sie hätte sicher ein schlechtes Gewissen gehabt und das hätte er ihr vergönnt. Schade!

Im Herbst war es dann wieder so weit gewesen: Die Preise waren gestiegen, das Theater im Königshaus ging ihm auf die Nerven und das Ozonloch war offensichtlich auch wieder größer geworden! Er hatte lange überlegt und sich dann für Tabletten entschieden. Eine Schusswaffe wäre für ihn nicht in Frage gekommen, weil so ein Schuss einfach viel zu laut ist. Außerdem hatte er sich für keine Methode entscheiden können, obwohl er doch zum Schluss Kugel und Kopf favorisiert hätte.

Er hatte sich in Edinburgh eine Packung Vitanon und eine Schachtel Rattlex besorgt: Zwei starke Gifte, die über und über mit Ruf- und Totenkopfzeichen bedruckt waren. Diesmal hatte er den breiten Ledersessel in seinem Wohnzimmer als letzte Ruhestätte auserkoren. Was er leider nicht gemacht hatte, war das Kleingedruckte zu lesen und so kam es, dass er sich voll übergeben musste. Der Frühstückstee hatte diese Reaktion ungewollt heraufbeschworen. Schlecht war ihm, schwach war er und der ganze Teppich war versaut. Dumm gelaufen!

Doch diesmal war er auf dem Weg zur Allenbridge, einer großartigen stählernen Hängebrücke, die die alte Stadt am Südufer mit den neuen Vierteln am Nordufer verband. Sie ist das Wahrzeichen der Stadt, frisch in sattem Olivgrün gestrichen und ihre Silhouette ist sogar im Morgennebel zu erkennen. Ja, diesmal musste es sein! Die Glasgow Rangers spielten inferior, der Job wackelte, das Elend in der Welt konnte man sich auch nicht mehr ansehen und überhaupt!

Er war zu Fuß unterwegs. Es war sein letzter Gang. Er bemühte sich seine innere Unruhe nicht hochkommen zu lassen und auch nichts von seiner Umwelt aufzunehmen. Er wusste genau zu welcher Stelle er wollte: Es war natürlich die Mitte der Brücke zwischen den hohen Pfeilern. Hier war die größte Höhe oder besser gesagt, die größte Tiefe, und unten war auch die größte Strömungsgeschwindigkeit für den Fall, dass das überhaupt noch relevant sein sollte.

Er hatte die Stelle erreicht. Das Geländer roch noch nach der frischen Farbe. Also anstoßen sollte man lieber nicht und so hoch wie heute schien das Geländer auch noch nie gewesen zu sein. Wie sollte man denn da drüber kommen, noch dazu mit einem Mantel?! Er zauderte, sah sich um und entdeckte eine Frau, etwa in seinem Alter, die auch am Geländer stand. Sie musste erst in diesem Moment gekommen sein und stand ganz nahe bei ihm. Sie hatte die Augen geschlossen und ihr Haar wehte leicht im Wind. Ihre Blicke trafen sich nur kurz. Der Nebel hatte sich inzwischen gelichtet und die Sonne kam leicht durch. Es schien auch wärmer geworden zu sein.

Als sie wieder ging, folgte er ihr fast automatisch. Auf der anderen Seite der Brücke angekommen, drehte sie sich um und deutete auf den kleinen Park am Ufer. Er murmelte „Wenn es ihnen recht ist" und sie gingen bis zu einer kleinen Bank. Man konnte sehen, wie die Sonne nun die Stelle des Geländers von vorhin erreicht hatte. Sie hatten kaum miteinander geredet, aber sie trafen sich am nächsten Tag wieder auf der Brücke. Allmählich entdeckten sie viele Schönheiten am Flussufer: Da waren zuerst die alte Eiche neben der Bank, dann der große Stein am Ufer, das Eichhörnchen, das immer zu Besuch kam und schließlich der Dullamorhill mit seiner sanften Kuppe im Hintergrund.

Als sie die ersten Krokusse auf ihrem Platz entdeckten, ergriff er ihre Hand, fasste all seinen Mut und fragte, ob er sie auf eine Tasse Tee zu sich einladen dürfe. Sie nickte und er war heilfroh, dass inzwischen kein Kuvert mehr auf seinem Tisch herumlag und der Kühlschrank wieder einigermaßen voll war. Er bot ihr seinen Arm an und brummte etwas wie „Well" und so. Am liebsten hätte er gelacht, aber als seriöser Schotte? Oh no.

P.S. 1: Und wenn sie nicht gesprungen sind, so leben sie noch heute.

P.S. 2: Nach Ende dieser Bekanntschaft sprang er dann doch.

Das Begräbnis

Als wir nach einem längeren Urlaub zurück kamen, fand meine Frau bei der schnellen Durchsicht der Post die Nachricht vom Tode des Bruders unseres Nachbarn. Tragisch! „Begräbnis: Mittwoch, 22., Pfarrkirche, 14 Uhr".

Heute war der 22. Und es war gerade 12 Uhr vorbei. Wir hatten eine Nacht im Flugzeug hinter uns, waren müde, verschwitzt und fix und fertig. Aber da wir nun einmal da waren, mussten wir einfach hingehen. Also schnell unter die Dusche, frische Kleidung, schwarze Schuhe – aha wohl noch im Koffer, schnell noch was essen – ach, ist ja nichts im Haus, ein Kaffee aus der Maschine, Geld einstecken und ab ins Zentrum.

Es war fünf Minuten nach zwei und ich wunderte mich, so leicht einen Parkplatz gefunden zu haben. Nun ja, er war schon länger in Pension, hatte keine große Familie und ist sowieso immer ein bisschen ein Eigenbrötler gewesen.

Wir öffneten die Kirchentür und alles war still. Niemand hier! Ja, was war denn da los?

Ich fragte meine Frau, ob sie sicher sei wegen dem Begräbnis, wegen heute und überhaupt.

Aber ja, heute ist der 22. und ein Begräbnis ist immer um 14 Uhr!" Nun wir fragten einen alten Friedhofsbesucher und der meinte nur, dass das Begräbnis schon gewesen wäre und das Grab dort drüben liege. Tatsächlich. Es lagen Kränze dort, ein Holzkreuz stand auf dem Erdhügel und ein Sterbebildchen mit dem Hinweis auf das Begräbnis Mittwoch, dem 22. Februar. Und heute war Mittwoch, der 22. März! Wer denkt schon, dass ausgerechnet der März wieder genau die gleichen durchnummerierten Wochentage aufweist wie der Februar?

Wir fuhren also wieder zurück und hofften unsere Nachbarn anzutreffen. Gottlob, sie waren zu Hause und Herr Gruber kam auch gleich selber heraus. Wir drückten ihm unser Beileid aus und erzählten auch von der terminlichen Verwechslung, die uns in der Eile passiert war.

Er war recht gefasst, lachte sogar über diesen Fauxpas und fragte seinerseits, wie die Reise gewesen sei. Da ging die Tür wieder auf, seine Frau kam heraus und schaute uns bestürzt an. Was wir allerdings nicht mitbekommen hatten, war dass die Nachbarin von gegenüber auch die Situation durch ihr Fenster mitbeobachtet hatte und nun überzeugt war, dass meine Mutter, die schon lange im Altersheim wohnte, gestorben war.

Was man nicht weiß, macht einen ja auch nicht heiß, und so konnten wir nun wieder zu Hause Taschen und Koffer ausräumen und uns endlich niederlegen.

Es war ein großartiger Urlaub, eine anstrengende Rückreise und eine kurioses erstes Erlebnis zu Hause gewesen. Ach ja, aber Ende gut, alles gut!

P.S.: Womit wir nicht gerechnet hatten, waren die Telefonanrufe am nächsten Morgen, in denen man mir mitteilte, wie sehr sie meine Mutter immer geschätzt hätten ...

Die These

Ich hatte mich auf meine Prüfung gut vorbereitet, speziell auf die These von Sineaux, da ich wusste, dass diese ein Steckenpferd des Vorsitzenden war.

Das erste Mal war ich im Gymnasium darüber gestolpert, als wir über die Kelten sprachen.

Doch da waren wir mit den Gedanken eher bei Asterix als bei Sineaux. Doch nun war es ernst. Die Analogie zum Orakel, das etwas verriet, was erst gedeutet werden musste, war ein wichtiger Denkansatz, aber die These von Sineaux sah keine Zukunftsgerichtetheit vor, sondern war zeitunabhängig.

Als ich tatsächlich die These von Sineaux als dritte Prüfungsfrage bekam, richtete ich mich auf und begann gleich mit dem Hinweis auf die objektive Zeitunabhängigkeit und den subjektiven Zuordnungswunsch. Der Professor lächelte und war zufrieden. Sineaux war eigentlich Archäologe, hatte aber einige Zeit in Peru gelebt und sich dort mit der Kultur der Inkas beschäftigt, bevor er dann für ein New-Age-Institut Vorträge hielt und in weiterer Folge seine These entwickelte.

Ich brachte diese Gedanken einmal in einem Philosophenzirkel ein und war überrascht, dass einige schon davon gehört oder besser gelesen hatten. Dr. Rothschädel, der Rechtsanwalt, hielt zwar nichts von der Idee einer weltumspannenden Matrix, die Wahrscheinlichkeiten speichere, gab aber zu, dass bereits Herodot von Zeitschlaufen sprach, was dem Erinnern erst Sinn gab.

Pater Hollaus musste natürlich darauf hinweisen, dass für Christen längst die Zeit-Raum-Komponente als überwunden gälte und es daher müssig sei geistige Kapazität in eine räumliche Vorstellung zu pressen.

Ich brachte den Vergleich mit einer universellen Festplatte ein, die unser aller Bewusstsein und Unterbewusstsein archiviere. Professor Nowotny wollte das Bild eines Orakels verwenden, doch wir anderen waren uns alle einig, dass diese Anschauung längst als überwunden gilt. Er meinte noch, dass man das auch physikalisch als ein Emittieren von Skalarwellen eines Pulsars sehen könne und dass die Quantenphysik der Esoterik näher stünde als man glaube. Nun, die These von Sineaux war schon wirklich faszinierend. Interessanterweise griff auch der Science-Fiction-Autor Thilo Starenberg dieseThese auf und entwickelte daraus den Roman „Genial daneben".

Als ich mit meiner Frau einmal darüber sprechen wollte, stellte sich heraus, dass sie noch nie etwas von der These von Sineaux gehört hatte und dass es ihr auch ganz egal wäre, ob der Ton vor der Farbe entstanden sei und überhaupt.

Ich war enttäuscht und holte meine Enkelin vom Kindergarten ab. Sie erzählte mir freudestrahlend die Geschichte von einem großen Stern, den man alles fragen könne, wenn man ihn gefunden hatte. „Ja und dann?" „Wenn du genau hinschaust, kannst du alles sehen, was es gibt!" „Und was ist dann das Richtige für mich?" Angelina schaute mich verschmitzt an und sagte: Das sagt dir ja dein Herz!"

P.S.: Warum denken denn Erwachsene eigentlich so kompliziert?

Die Therme

Sie war jetzt endlich fertig, seine „Therme", wie er sie nannte. Die Therme war sein Meisterstück bisher, ein Werk aus Technik, Erfindergeist und einer Portion Magie! Quasi gezauberte Energie ist es, die das Haus von Egon Walder wärmt.

Ein Hexer, der die Erdgeister für sich arbeiten lässt und ihnen nur einige Werkzeuge zur Verfügung stellt? Oder ist er ein genialer Tüftler, der nur subtile kausale Zusammenhänge erkennt, verknüpft und verstärkt? Niemand weiß es und er selber auch nicht so ganz.

Es hatte damit begonnen, dass Egon Walder auf der Alm seines Onkels den „Sprudler" entdeckt hatte. Das war ein alter Melkeimer, der verkehrt auf dem Brunnen vor der Hütte steckte. Manche schnitzen ein Gesicht in die Holzsäule ihres Brunnen, sein Onkel aber setzte ihm eben einen Hut auf. Das Wasser war frisch und rein und saukalt, eben ein Quellwasser, wie man es erwarten konnte. Nahm man den Eimer weg, so war es auch frisch, rein und saukalt, aber nicht ganz so perlig und eben nur sehr gut statt extra ausgezeichnet. Niemand wusste, was der Eimer verursachte und ob es nicht nur Einbildung war. Ein Chemiker aus Linz fand keinen Unterschied zwischen Wasser mit und ohne Eimer, ein Radiästhesist stellte eine Änderung der Drehrichtung fest und seine Tante nickte immer nur bedeutungsvoll, sagte aber nichts.

Ein weiteres Schlüsselerlebnis war der tropfende Wasserhahn im Keller neben der Waschmaschine.

Er wollte ihn stärker zudrehen und festklopfen. Der faustgroße Granitstein aus dem Purzelkamp, den er gerade in der Hand hatte, sollte ihm dabei helfen. Intuitiv legte er ihn aber nur dort hin und ließ die Klopferei sein. Das Tropfen war zu Ende. So weit so gut, aber warum? Eigentlich hätte er jetzt zwei Patente anmelden können: Kübel zur Wasseraufbereitung und Stein zum Abdichten.

Ein Bekannter gab ihm ein Buch über die geheimen Kräfte des lebendigen Wassers von Viktor Schauberger, dem Wasserfachmann, der erforscht hatte, warum Fische gegen die Strömung springen können, welche Strudel geeignet sind zum Driften von Baumstämmen, warum Wasser zu Mittag „müde" wird und wie es sich nach Staudämmen verhält: Ein Energetiker, ein Selfmademan, ein genauer Beobachter.

Nun, was soll ich ihnen sagen: Egon Walder hatte die Passion seinen Lebens gefunden: Er forschte - probierte, er patzte - studierte, er stutzte - kapierte, er installierte und riss weg, reinigte, stand im Dreck, reparierte ein Leck und begann von neuem.

Seine Frau hatte ihn mit den Kindern inzwischen verlassen. Das zweite hatte er noch gar nie gesehen, weil er inzwischen im Keller lebte. Dort hatte er sich auch eine kleine Küche eingerichtet. Der Granitstein erfüllte immer noch seinen Zweck.

Als Gemeidearbeiter war er gekündigt worden und die neue Stellung im Wasserwerk hatte er noch nicht angetreten, denn er war für Forschungszwecke freigestellt worden. Der regelmäßige Besuch von Ingenieur Steiner war für ihn der wöchentliche Höhepunkt, denn dieser brachte Brot und Speck mit und Egon Walder kredenzte sein Feuerwasser.

Letzte Woche war es soweit und er konnte sein Werk „Therme 07" vorstellen:

Das Wasserrohr war dort, wo es ins Haus kam, mit roter Farbe markiert. Der Druckregler war mit einem Holzkästchen umbaut und der Wasserzähler blau gestrichen. Die gesamte alte Ölheizung wurde umgangen, das heißt, eine neue Leitung aus gebohrten Lärchenstangen führte direkt zur Steigleitung mit den Heizkörpern. Die Verbindung war mit Bast und Wachs hergestellt und ein Stein diente zur Absicherung. Das eigentliche Hauptstück bildete aber ein umgedrehter Kübel auf dem Ausdehnungsgefäß. Dieser hatte auch am längsten Schwierigkeiten gemacht, da er exakt eingenordet sein muss und zwar nach dem geografischen und nicht nach dem magnetischen Nordpol, wie ursprünglich angenommen. Die griechischen Tontöpfe auf den Heizkörpern müssen zwar regelmäßig gewartet, d.h. mit Wasser gefüllt werden, dies sollte aber kein Problem sein. Ein Geheimnis, sein Geheimnis, ist dann noch die „Black Box" am Rücklauf der Heizung, die auch wieder den Kessel und Boiler umgeht. Es dreht sich dabei um ein schwarzes Metallgehäuse in der Größe einer Schuhschachtel, in dem ein kleiner Rechner installiert sein soll (ohne Strom!). Das sei der Punkt, wo die Magie beginne und die Radionik ende, meint Herr Steiner.

Tatsache ist, dass Egon Walder damit die erste autonome Hausheizung überhaupt hergestellt hat und dass sie funktioniert!

Momentan laufen gerade die nationale und die internationale Patentanmeldung. Das Wasserwerk hat die Lizenz zur Herstellung erworben (außer der „Black Box") und Egon Walder versucht wieder ins Erdgeschoß zu ziehen und mit seiner Frau Kontakt aufzunehmen. Sein zweites Kind, ein lieber Bub mit zwei Jahren und einem verschmitzten Lächeln, sieht ihm recht ähnlich und planscht gerne im Wasser.

Die Chancen stehen gut, dass die Familie wieder zusammenfindet, die Erfindung Furore, Österreich seinem Namen als Ökoland alle Ehre macht und die Welt noch einmal gerettet wird.

P.S.: Leider hat jemand auf der Alm den berühmten Kübel geklaut.

Die Schule

Die Grundschule von Einstraaten war eine typische belgische Volksschule in einem typischen belgischen Dorf. Der Direktor hieß Jan Reysen, wohnte in einem typischen belgischen Haus und trank natürlich gern belgisches Bier. Seine Frau war auch Lehrerin und unterrichtete an der gleichen Schule. Nun, die Schule war architektonisch ein unbedeutender flacher Ziegelbau mit einem bunten Eingang, den die Schüler einmal bemalt hatten.

Reysen war zwar Biertrinker, aber man sah ihm das nicht an, denn er war sehr schlank und drahtig. Er war auch Marathonläufer und trainierte fast täglich. So kam es, dass er regelmäßig alle nur erdenklichen Stadtmarathons in Europa lief. Inzwischen war er bereits fünfzig Jahre alt und besser denn je. Kennen gelernt habe ich ihn in Brügge bei einem Treffen von Schulleitern aus ganz Europa. Schulen sollten sich über die Grenzen hinweg kennenlernen. Wir stießen gemeinsam auf die Vertreter von Spanien, Italien und Finnland. Die Ziele waren gegenseitige Besuche und ein gemeinsames Buch.

Bei meinem Schulbesuch in Finnland musste ich über Brüssel fliegen und traf, wie vereinbart, meinen belgischen Freund Jan. Die Finnen waren großartige Gastgeber und hatten auch eine sehr schöne moderne Schule mit viel Holz und Langlaufskiern davor. Beim Besuch in Spanien trafen wir alle erst in Bilbao zusammen, da wir von dort mit einem Kleinbus in einen winzigen Ort gebracht wurden. Die Schule bestand aus grauem Beton, war schäbig und sehr laut. Wer von uns ein spanisches Wörterbuch mitgenommen hatte, wurde enttäuscht, denn man sprach nur baskisch mit uns. Wir waren praktisch Separatisten in die Hände gefallen und hier gab es auch kein Bier. So lernten wir den Riojawein kennen und der war sehr viel stärker, als wir gedacht hatten.

Die Italiener verzichteten auf eine Einladung und nun war ich dran: Ich ließ die gesamte Schule frisch streichen, bestellte neues Mobiliar für die ersten Klassen, beflaggte die Gänge mit den Fahnen der Besucherländer usw. usw.

Da es mir gelungen war, den Bürgermeister auch für Europa zu begeistern, entwickelte sich eine einzigartige Euphorie im ganzen Ort. Überall wurde gemalt, geputzt, erweitert und aufgestockt. Sogar neue Straßen wurden angelegt und der Alterbach schiffbar gemacht und überhaupt. Den Höhepunkt bildete jedoch die Errichtung einer Hubschrauberplattform auf dem Schuldach. Nun es kamen alle. Sogar die Italiener und wir hatten viel Freude miteinander. Wir tauschten Geschenke aus, lobten die Europapolitik und sprachen sogar noch über unser Projekt. Unser Ort wurde durch die Übertragung der Feierlichkeiten praktisch in ganz Europa mit einem Schlag bekannt. Den Vogel hatte jedoch Hans, unser Schulwart, abgeschossen, denn er war auf allen Fotos und Filmsequenzen immer winkend auf der Plattform zu sehen.

In Belgien nahm alles eine ganz andere Wendung: Jan Reysen war ein guter Marathonläufer, ein begeisterter Europäer und ein großzügiger Schulleiter. Den Schriftverkehr wickelte inzwischen seine Frau für ihn ab. Er engagierte sich wiederholt an weiteren Comenius-Projekten, da er ohnehin gern verreiste. Außerdem war er oft wegen seiner Marathonläufe unterwegs. Dies stellte aber kein Problem dar, da sich die Schulbehörde nicht darum kümmerte und es seine Lehrer genossen, so richtig selbständig arbeiten und entscheiden zu können. Jan war somit stets unterwegs und seine Schule lief wie von selber.

Als die Schülerzahl gewachsen und die Werklehrer auf den Westtrakt noch ein Geschoß setzten, war er gerade auf einer kombinierten Reise in Polen. Die heimliche Umstellung vom staatlichen auf den Montessorilehrplan war ihm nicht aufgefallen. Er war nur erstaunt, dass die Schüler hauptsächlich im Freien arbeiteten, was er aber auf den Putzfimmel seiner Frau zurückführte. Als einige Lehrer eine Vorschulklasse eingeführt hatten, wunderte er sich bei einem Kurzaufenthalt zu Hause, dass ihm die Schulanfänger in anderen Ländern eigentlich viel größer vorgekommen waren.

Als die Kultusministerin überraschend seiner Schule einen Besuch abstattete, war sie von den frei-wachsenden Gebäudeelementen, dem inzwischen angegliederten Seniorentrakt mit integrierter Fried-hofsverwaltung und der gemeinsamen Nutzung des Turnsaales für Schule und Pferde stark beeindruckt. Neu war für sie auch die freie Wahl der besuchten Schultage pro Jahr. "Der Direktor gerade auf einer Dienstreise? Schade, aber verständlich!"

Jan schickt mir regelmäßig e-mails, sodass ich auch auf dem Laufenden bin, welche Schule er gerade be-sucht und welches Bier es dort gibt. Ich bin leider großteils zu Hause, muss meine schriftlichen Arbei-ten selber machen und habe mein Schulbudget für die nächsten zehn Jahre ausgegeben.

Die belgische Schule bleibt einfach ein unerreichtes Vorbild! Jan hat es geschafft. Er läuft und läuft und seine Schule auch. Er hat erst kürzlich wieder eine große Auszeichnung für die „Modellhafte belgische Schulentwicklung im Ranking europäischer Bil-dungseinrichtungen" erhalten. Vielleicht legt ihm je-mand die Urkunde in seine Kanzlei. Das wird jedoch schwierig werden, weil die Religionslehrer dort ge-rade eine ökumenische Zentrale für Glaubensfragen und Suchtgiftbekämpfung errichten wollen und eine Zeitschrift hat sogar bei uns schon vom belgischen Modell geschrieben und wir haben Mareike, die Frau von Jan auf dem Foto erkannt.

P.S.: Ich muss Jan diesen Artikel gleich schicken!

Das Fernrohr

Maximilian hatte zu seinem 5. Geburtstag von seinem Großvater ein Fernrohr geschenkt bekommen. Es war aus Messing, ließ sich ganz kurz zusammenschieben und hatte in jeder Tasche Platz. Sogar in Maximilians Hosentasche, obwohl es da beim Sitzen herausschaute und er sehr gut aufpassen musste, dass er es nicht verlor. Der Verlust wäre nicht auszudenken gewesen, denn Maximilian war ganz beseelt davon seine Umwelt in Vergrößerungen zu betrachten. Nun ab und zu einmal durchschauen, das wäre ja nicht besonders erwähnenswert und auch ein Lieblingsspielzeug verliert einmal seinen Reiz. Aber nicht bei Maximilian, der ganz versessen war, nun alles viel größer und genauer sehen zu können.

So erkannte er die Leute seiner Umgebung schon bald am obersten Hosenknopf. Sein Vater hatte den lockeren schwarzen, der nur am Rande glänzt, seine Mutter einen blauen, der jeden Moment wegspritzen will und Tante Maria einen, der eigentlich keine Farbe hat, aber so toll glänzt und spiegelt. Das war sein Lieblingsknopf! Selbst, wenn er zum Einkaufen mitgehen musste, blieb er ständig stehen, um sich die Leute genauer anzusehen, das heißt, ihre Hosenknöpfe. Etwas aus der Reihe tanzten der Briefträger, der gar keinen Knopf hat, sondern ein silbernes Häkchen und die alte Nachbarin mit ihrem Gummizug. So konnte Maximilian die Leute sehr bald in Kategorien einteilen und sich so ein umfassendes Bild der Gesellschaft machen.

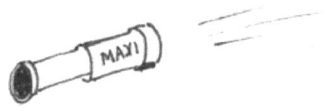

Abgerissene, also fehlende Knöpfe machten ihn ganz nervös und unsicher. Das gehörte sich einfach nicht und wäre er größer, so würde er etwas dagegen unternehmen. Verdeckte Knöpfe, meist bei den dicken Leuten, wo sich der Hosenbund umstülpt, ließen ihm auch keine Ruh. Das war, wie wenn man durch ein Schlüsselloch schaut und nicht genau erkennen kann, ob da jemand drinnen ist. Ein offener, vielleicht sogar vorspringender Knopf war etwas Wildes, so als wollte er, dass man hingreifen solle. Die roten, die blauen, die grauen und metallischen, die glänzenden und matten, es war einfach wunderbar und unglaublich spannend, die vielen Knöpfe so groß zu sehen. Leider hielten sie fast nie still und man musste schon ein kleiner Profi sein, um nicht allzuviel dabei zu verpassen. An den Gesichtern und an den Namen hätte er wahrscheinlich die meisten Leute seiner Umgebung gar nicht erkannt, denn für ihn waren es der große Schwarze, der glänzende Kleine, der Hängende, der Verdeckte, der schöne Rote usw. usw. Vielleicht könnt ihr ein wenig erahnen, in welch spannenden Welt Maximilian lebte.

Natürlich gab es auch etwas anderes als Hosenknöpfe wie z.B. die Schlösser an Haustüren, denn Maximilian wollte ja auch wissen, wer da wohnte, die Griffe an Autos und die Fingernägel der Kassiererin und eben überhaupt. Maximilian, hatte viele

Diskussionen durchstehen und den Belehrungen seiner Eltern trotzen müssen, bis man ihn gewähren ließ. Ein jähes Ende nahm die Sache aber, als er im Schwimmbad die Leute schon am Nabel zu erkennen glaubte. Die Nabelschau erregte den Bademeister, die Gemeindeaufsicht, den Bundesrat und die Menschenrechtskommission. Als dann noch Drohungen der Islamisten bekannt wurden, gab der Großvater von Maximilian den Plan auf, ihm zum kommenden 6. Geburtstag eine kleine Digitalkamera mit Dreifachzoom zu schenken.

P.S.: Maxi, Kopf hoch, so lernst du auch Gesichter kennen. Übrigens Tante Maria hat auch einen ganz tollen Haarreifen!

Die Rumkugeln

Conny hatte Geburtstag und Harry, mein bester Freund, eine Idee: Er wüsste ein Rezept für Rumkugeln und die würden sogar wir zusammenbringen.

Am Vorabend von Connys Geburtstag war es endlich soweit: Sie war bei der Chorprobe und Harry brachte eine Flasche weißen Rum mit. Wir kosteten ihn, schließlich wollten wir nur gute Qualität verarbeiten. Ich machte sicherheitshalber noch eine Flasche braunen Inländerrum auf. Der schmeckte fast besser und so riskierten wir eine eigene Mischung. Da der zweite Liter in der Schüssel nicht mehr ganz Platz hatte, tranken wir den Rest gleich so aus. Holla, der war gar nicht so schlecht. Waren jetzt 40% und 40% gleich 80%? Während sich Harry den Pullover auszog, setzte ich den Zucker zu: Eine Tasse weißen und eine Tasse braunen, wie vorgeschrieben. Ich trank ein bisschen aus der Schüssel und zog mir die Jacke aus. Wohin sollten denn die 500 Gramm Kokosfett? Harry half mir beim Löffeln, damit wir wieder mehr Platz in der Rührschüssel bekämen.

Während ich die Eier herausholte, griff Harry nach den Nüssen und wir warfen alles hinein. Oh, backen konnte schon lustig sein! Schade, dass die Rumflaschen schon leer waren, aber wir könnten das Rezept ja weiterentwickeln und so gaben wir noch eine Tasse Scotch dazu: Ball-and-times oder wie das Zeug hieß. Wir mussten wieder etwas Flüssigkeit absaugen und Harry zog sich umständlich das Hemd aus. Ach, da war noch Vielales zu tun: Ich mixte den Schalter ein. Wo waren die getrockneten Flüchte? Harry fand das geschrumpelte Zeug und kostelte davon. Ich maltete den Schixer wieder aus und versuchte das Kokoszeug von den Kacheln zu wischen. Die Küche begann zu glänzen und Harrys Augen auch. Ich fand endlich eine Flasche Cointreau und prostate ihm zu. Was standte jetzt noch in seinem Rezeptionsbuch? Nehmten wir Kaukau oder Nuratella? Ha? Harry fettete schon einmal den Herd ein und ich drehte ihn mit viel Mühe um 180 Grad. Ich zog mir das T-Shirt aus und auch die Socken. Harry warf die Falaschen aus dem Fenster und meine Stocken auch. Wir überprüften die dunkle Masse mit den Fingern auf ihre Kokokonistenz.

Ich warf noch eine Zitrone hinein und Harry meckerte herum, weil wir die Nüsche nicht gerippen hätten und überhaupt.

Wir setzten uns auf den Boden und leerten noch das läppische Fläschchen Likör. Mmh, herrlich süß. Im Radio rockte Fats Domino. Ich drahte seine Stimme noch etwas lauter auf. Ha dunga dunga boo - wow! Doch Harry hörte plötzlich auf zu gröhlen und verstummelte. Was war geschehen? Ha?

Conny stand in der Türe und wollte wissen, was da los sei und warum wir da so herumkugeln?! rumkugeln? Ach Gott, ja!

P.S.: Seither backe ich nicht mehr. Aber Harry und ich denken manchmal mit Wehmut an die gute alte Zeit, als wir noch kreativ waren. Oh ja.

Der Bauch

Alfred war Buchhalter, gute vierzig und übergewichtig. Er liebte Schnitzel und Bier, Hühnchen und Wein und wollte am Abend nicht ohne Schokolade sein. Natürlich nahm er ständig zu und allmählich wurde es schwierig passende Hosen und Hemden zu finden. Diverse Hinweise von gutmeinenden Freunden und seinem Arzt prallten an ihm ab, schließlich war Alfred ein Mann von Charakter und kein Fähnchen im Wind. Olga, seine Frau, war etwas jünger, sportlich und hatte eine gute Figur.

Als er 120 Kilo erreicht hatte, kamen ihm seine ersten eigenen Bedenken und er legte einen Fasttag ein. Doch selbst eine Wiederholung im darauffolgenden Monat änderte gar nichts, im Gegenteil, es schien, als wäre er sogar ein Kilo schwerer geworden.

Bei 130 kg ließ er sich kurzfristig auf eine Diät ein, die er in einer Illustrierten gefunden hatte. Bei 140 wurde er zuckerkrank und rechtzeitig zu seinem Fünfziger hatte er mühsam, aber doch, die 150-kg-Marke erreicht. Ein Bericht im Fernsehen über einen Magenbypass brachte jedoch die Wende: Der Eingriff geht ruck-zuck, verändert die Essgewohnheiten und macht Dicke wieder schlank! Das klang gut, Olga lächelte, die Klinik wartete und Alfred wurde operiert.

Nach einigen Wochen kaufte er sich die ersten neuen Hosen und Hemden und nach einem Jahr war er wieder auf 100. Nicht genug damit: Er rasierte seinen Vollbart ab und legte sich einen Kurzhaarschnitt zu. Alfred hatte sich verändert, aber Olga auch.

Er konnte nur mehr ganz winzige Portionen essen und selbst da passierte es oft, dass eben eine Kleinigkeit übrigblieb. Z.B. Ein Bissen vom Apfelstrudel oder zwei Salatblätter oder drei Pommes Frites. Sie aß das, denn so etwas hebt man ja nicht auf und wegwerfen wäre schade und überhaupt.

Sie fand Gefallen an größeren Portionen und gewann ein neues Essverhalten. Sie entwickelte sich schließlich zu einer richtigen Genießerin und begabten Trinkerin. Nun, Alfred wurde dünner und dünner und Olga dafür dicker und dicker. Wenn man sie zusammen sah, wirkten sie beide wie ein wohlgenährtes Paar, das es sich eben gut gehen lässt. Doch bald kippte das kurze Gleichgewicht, denn Alfred wurde zusehends noch dünner und Olga noch dicker. Sie trieb keinen Sport mehr, hatte keine Lust auf Sex und trank statt Mineralwasser nur mehr Eierlikör.

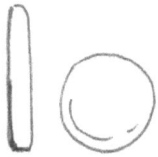

Sie trug zu Hause Alfreds alten Pullover, seine alte Trainingshose und irgendwie hatte man den Eindruck, dass ihr auch der Bart wüchse. Alfred zog sich modisch an, fing an Sport zu betreiben und ward nicht wieder zu erkennen. Nach einem Jahr hatte sich bei den beiden alles umgedreht: Alfred war ein smarter Strich und Olga eine perfekte Kugel. Alfred blühte auf, bekam in seiner Firma die Prokura und traf regelmäßig auf dem Sportplatz eine charmante Bekannte. Olga war unter dem Motto „Aber bitte mit Sahne" bei ihrer täglichen Damenrunde, wo Marken für Superbras und andere Übergrößen zu erfahren waren.

Olga ging es ähnlich wie Alfred ein Jahr zuvor: Sie schlug wohlmeinende Ratschläge aus, fügte sich in ihr vermeintliches Schicksal und legte sich weitere Isolierschichten zu. Bald gingen sie nicht mehr gemeinsam fort, denn Olga konnte nicht mehr gut gehen. Ja selbst Stehen und Sitzen wurden zur Qual und als Kleidung eigneten sich nur mehr indische Saris XXLarge. Böse Zungen behaupteten, dass sie demnächst zerplatzen würde. Und so kam es denn auch. Es war an einem schönen Sonntag Nachmittag als es in der Siedlung einen großen Knall gab. Die Leute sahen sich an und waren sich einig: Das war Olga gewesen!

P.S.: Olga wurde verbrannt, weil es keinen so breiten Sarg gab. Es war ein schönes aber trauriges Begräbnis, doch Alfred war kaum zu sehen, weil er hinter seiner schwarzen Krawatte fast ganz verschwand.

Der Kaftan

Meine Schwester hatte im Herbst eine last-minute-Reise ans Rote Meer gebucht. Das Hotel war o.k., das Essen einigermaßen und die Mitreisenden - na ja. An den Strand mit dem vielen Sand und dem salzigen Wasser musste man ja nicht, schließlich gab es ja den Pool; eigentlich zwei, aber der zweite war nur für Kinder und daher ohne Männer.

Das Beste des Urlaubes lag jedoch gleich hinter dem Hotel, nämlich die Straße mit den vielen Geschäften und Lokalen: Badesachen, Hüte, Sonnenbrillen, Tücher, Taschen, Blumenvasen, Teegläser, Coca Cola, Pepsi Cola, Wasserpfeifen, Armreifen, Ledergürtel, deutsches Bier, dänisches Bier, Gelati, Kleider und noch einmal Kleider, ganze Kleidergassen, Sonnencremen, Ansichtskarten, Uhrenverkäufer und wieder Klamotten.

Meine Schwester ging so viel zu Fuß, wie das ganze Jahr nicht, schaute und kaufte, denn schließlich war ja alles so billig hier. Besonders angetan hatten es ihr die Kaftans, die langen orientalischen Gewänder. Nicht die einfachen schwarzen und weißen, sondern die mit farbigen Borten an Halsausschnitt und Ärmeln. Großartig wirkten vor allem die getönten Stoffe und solche aus Brokat oder Seide und vor allem die roten und blauen und eben überhaupt. Sie konnte sich einfach nicht satt sehen und ein Kaftan schien schöner zu sein als der andere, ganz wie im Märchen von 1001 Nacht.

Kurz und gut, sie kaufte zwei Kaftane für sich, drei für ihre Freundinnen und schließlich noch einen für

Tante Hilde, die bald Geburtstag hatte. Für Tantchen wählte sie einen gelb-braunen mit großen Ornamenten auf der Brust um 10 Euro. Wenn das nicht ein Schnäppchen war!

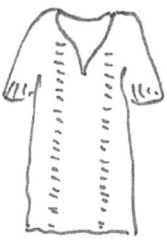

Die gute alte Tante war gerührt, doch entweder war der Kaftan zu schmal oder die Tante zu dick. Guter Rat war teuer und die Schneiderin erst recht. Ähnliche Seitenteile, passende Nähseiden und Borten 50 Euro und die Arbeit für die Änderung 60. Inge handelte noch 10% Rabatt heraus und war froh, dass sie nicht die Verlängerungswoche um 100.- Euro gebucht hatte.

Doch das mit dem Kaftan wurde schließlich noch ein ungeahnter Erfolg: Tante Hilde wohnte ja im Altersheim und trug ihn dort jeden Tag. Die Pflegerin machte ihr ein Kompliment, die Putzfrau sagte immer „scheenes Kleidl" und die Chefin wollte wissen, wo sie diese Stück herhabe. Das Servierpersonal und die in der Rezeption nannte Tante bald nur mehr „der Kaftan", wenn sie vorbeiging oder wenn man von ihr sprach. Über kurz oder lang wurde „der Kaftan" Synonym für das ganze Heim. Gerade die individuelle Lebensweise und die Offenheit fremden Kulturen gegenüber machten das ehemals unauffällige Haus nun zu einer der ersten Adressen in der Stadt. Wer googelt, darf sich daher nicht wundern, wenn er bei „Kaftan" auch auf „Seniorenwohnheim für gehobene Ansprüche" stößt.

P.S.: Vollständigkeitshalber muss noch erwähnt werden, dass der neue Kaftan-Shop im Heim gut läuft und meine Schwester monatlich nach Ägypten fliegt, um persönlich neue Ware auszusuchen.

Die Uhr

Wir haben über vier Wochen in Afrika Deutsch unterrichtet. Unsere Schüler waren 14 erwachsene Schwarze, die dort in einer tansanischen Lodge arbeiten. Jeden Tag nahmen wir uns ein Thema vor und natürlich mussten wir ständig wiederholen. Große Probleme machte die Uhr, weil sie sie nicht richtig kannten und weil es verschiedene Arten der Zeitansage gibt. Da wir bei dieser Gelegenheit auch immer wieder die Zahlen und die Aussprache übten, war die Arbeit mit der Lernuhr an der Wand wichtig und zeitaufwändig.

Ein Beispiel:„Tom, wie spät ist es auf dieser Uhr?" Tom schaut mich an und ist verlegen. „Tom, wie spät ist es?" „Ich bin Tom." „Ja, du bist Tom. Aber wie spät ist es?" „Ich bin Receptionist." „Ja, aber wie spät ist es?" „Ich bin Tom. Ich bin Receptionist!" „Das sind dein Name und dein Beruf, aber ich will die Zeit hören. Wie spät ist es?" Seine Nachbarn lachen und Tom nickt. Jetzt hat er verstanden. „Es ist - - -" „Was war die letzte volle Stunde?" „Es ist - - - es ist zehn!" „Nein, du musst auf den kleinen Zeiger schauen. Wo war der?" „Funf". „Ja, sehr gut. Aber das heißt fünf." „Funf"." Nein, fünf!" „Funf!" „Schau auf meinen Mund und probier es noch einmal: Fünf." „Funf". „Nein, fünf!" „Funf!" Ich gebe auf und konzentriere mich auf das Wesentliche. „Gut; fünf Uhr – und wie viele Minuten?" „Funf."

„Nein Tom, schau jetzt auf den großen Zeiger!" Auch bei seinen Nachbarn herrscht eine gewisse Ratlosigkeit. Wieso soll das wichtig sein, außerdem ist es jetzt Vormittag und überhaupt. „Also, wohin zeigt der große Zeiger?" „Zwei." „Nein, die Minuten sind die kleinen Striche. Schau: Eins, zwei, drei, vier, fünf, sechs, sieben, acht, neun, zehn!" „Zehn." „Ja, super! Also wie spät ist es?" „Zehn." „Nein, zusammen!" „Zusammen?" „Ja, Stunde und Minuten." Mbayani zeigt auf und ruft: „Zusammen Stunde und Minuten!" Einige lachen und ich probier es auch. In masochistischer Weise kommt jeder dran und manchmal geht es ja auch schneller. Gott sei Dank haben wir miteinander auch genug Spaß und singen zwischendurch wieder ein Lied …

P.S.: Unseren ersten sprachlichen Erfolg bescherte uns Herry, als er uns nach einem Krankheitstag mit Durchfall auf Deutsch erklärte: „Auspuff kaputt!"

Das Taxi

Etwas Amtliches erledigen, ein bisschen shoppen und vielleicht etwas besichtigen, das waren meine Pläne für Wien. Ich war planmäßig am Hauptbahnhof angekommen und wollte mir zur Feier des Tages einmal ein Taxi zum Hotel nehmen. Ein gelber Mercedes stand an vorderster Front und der Mann darin nickte mir freundlich zu. „Wo wollen's denn hin?" „In's Hotel Mario." Der Fahrer stieg aus, nahm mir den Koffer ab und hielt die Tür auf. Ich stieg ein und freute mich über meine noble Reise.

An der nächsten Kreuzung fragte mich der Taxifahrer, wo denn das Hotel eigentlich sei. Ich wusste nur, dass es im 12. Bezirk liegt und mir eben empfohlen wurde. Er brummte etwas Unverständliches und suchte nach seinem Telefon, drückte herum, klappte es auf und zu und warf es ärgerlich auf den Nebensitz. „Können Sie mir einmal kurz Ihr Handy borgen?" fragte er und drehte sich zu mir um. Ich suchte fieberhaft, damit er wieder nach vorne schauen konnte und gab es ihm. „Sie wissen auch nicht die Nummer der Zentrale? Ich hab sie nämlich bei mir nur als 2 gespeichert." Er schien etwas ungehalten zu sein. „Wissen Sie wenigstens die Nummer von Ihrem Hotel?" Natürlich hatte ich die auch nicht parat und hatte ein schlechtes Gewissen. Wie konnte man auch so unvorbereitet in die Hauptstadt fahren. Schließlich rumorte etwas in dem Auto. Der Fahrer fuhr in eine Seitenstraße und blieb stehen. Er stieg aus, begann zu fluchen und kam bedrohlich nahe an das Seitenfenster. „Sind Sie bei einem Autofahrerclub?" Ich nickte. „Wollen Sie sich nicht einen Leihwagen nehmen und einmal selber durch unserer schönen Stadt fahren?!" Ich war perplex und wollte schon verneinen. „Sie werden sehen, das geht super und Sie werden viel Spaß haben!" Spinnt der jetzt? Aber irgendwie hatte der Gedanke auch etwas überraschend Pfiffiges an sich. „Rufen Sie an, und fragen nach Tonis car-rent.".

Was soll ich sagen: Ich rief an, er öffnete elegant die Wagentür, bot mir eine Zigarette an und pries die Großartigkeit seiner Stadt. Eine halbe Stunde später übernahm ich einen silbernen Golf und wollte mich nach dem Weg zum Hotel Mario erkundigen. Doch da kam mir mein charmanter Taxifahrer zuvor und diskutierte heftig ob besser über oder unter den Währinger-Gürtel oder ganz anders. Schließlich meinte er, ich solle gleich selber das Steuer übernehmen und er würde mich schon zu meinem Hotel bringen.

Als wir schließlich angekommen waren, meinte er „Wenn wir jetzt die gleiche Strecke zurückfahren, müssten Sie doch wieder herfinden? Oder?". Das war doch allerhand. „Warum denn?" „Na, wie soll ich denn sonst wieder zu meinem Auto kommen? Ich bin ja nicht zum Vergnügen da." Die Stadt hatte mich verwirrt, die Fahrt hierher auch und er überhaupt.

Als wir wieder bei seinem Auto waren, klopfte er mir anerkennend auf die Schulter,

lächelte und meinte. „Da Sie so ein angenehmer Gast waren, rechne ich nur die halbe Zeit! Sagen wir 30 Euro. O.k.?" Ich war perplex und zahlte. Mir war schlecht und ich fuhr umständlich wieder zurück zu meinem Hotel. Als ich einchecken wollte, merkte ich, dass mein Koffer fehlte. Da fuhr ein gelbes Taxi vor und ich gab dem Wahnsinnsmenschen noch einmal 20 Euro. Er verbeugte sich gekonnt und lächelte.

P.S.: Am Abend rief er mich an und fragte, ob ich ihm denn nicht mein Auto für einen Tag borgen könnte. Ich fände ihn wieder beim Hauptbahnhof und er freue sich schon!

Das Training

Eins, zwei, drei, vier, fünf, sechs, sieben
wo ist heut der Heinz geblieben?
Acht und neun und zehn und elf
Liegestütz mach ich nur zwölf.
Ergometer, Liegerad,
Hauptsache ist, du sitzt schön grad.
Quickstart ein und Taste acht
jetzt geht's los, dass´ nur so kracht.
Walter strampelt fest am Radl
hat auch schon recht feste Wadl.
Fünfzig alt und hundert Watt
sappalot jetzt wird er matt.
Himmelfix und Sakrament
alles auf dem Laufband rennt.
Dort die Kleine läuft recht froh
und es wackelt ihr Popo.
Lieber Hugo - Stange hoch
hast schon recht, es ist ein Tschoch.
Kommst beim Pressen recht ins Schwitzen
bleibst am besten du gleich sitzen.

Hinten bei der Multischwinge
rackert schon die flotte Inge
und da drüben auf dem Twister hockt
schon wieder diese Christa.
Springen, strecken, beugen, wippen
hab schon längst ganz trockne Lippen.
Nimm dir noch an Mangosaft
schmeckt recht gut und gibt dir Kraft.
Hüfte kippen, Arme hoch ist schon besser,
wird schon noch.
Rücken dehnen, Butterfly
geht nicht schwer, ist nix dabei.
Hantel hin und Hantel her
auch zehn Kilo sind schon schwer.
Die Geräte alle dröhnen
und die Dicken hörst du stöhnen.
Doch zum Schluss unter die Brause
und nach Haus zur guten Jause!

Der Zug

Was sollte ich wohl jetzt eine ganze Stunde lang machen? Abfahrt 14 Uhr 12, Bahnsteig 2! Ich könnte hinüber gehen ins Forum, schließlich war ich schon lange nicht mehr in diesem Kaufhaus. Oder ich könnte eine Station mit dem Bus fahren und wäre dann bei dem schönen Buchgeschäft am Franz-Josef-Platz. Nein, ich hab eine bessere Idee: Ich werde ganz nobel ins Bahnhofsrestaurant gehen und eine Kleinigkeit essen und die Zeitung lesen! Oder?

13 Uhr 13 - Na eine Minute hätte ich ja schon. Also, als erstes kaufe ich mir einmal das Ticket und schaue mir die Auslagen an. 13 Uhr 18 - Schon toll, wie die Automaten diese Tickets ausspucken. Ist zwar ein bisschen spannend, ob da was herauskommt, aber das Gefühl kenne ich noch von früher von den Zigarettenautomaten. Nun gehe ich zum Imbissstand und kaufe mir ein Sandwich. Doch irgendwie muss ich dauernd auf die blöde große Uhr über dem Stiegenaufgang schauen. 13 Uhr 25 - Das heißt 35 Minuten bis 14 Uhr und dann noch 12 Minuten, also 47 Minuten. 47 Minuten? Ja, dann werde ich halt wirklich noch in das Kaufhaus hinübergehen. Ich könnte mich auch draußen auf eine Bank setzen und einfach einmal in Ruhe schauen, was die Leute an einem Dienstag Nachmittag so machen. Doch der Gehsteig ist schmutzig, die Bank auch und die Leute kommen mir heute alle so hässlich vor. 13 Uhr 26 - sagenhaft. Einmal hat man Zeit und dann braucht

man sie nicht. Wäre schön, wenn man übrige Zeit mitnehmen könnte.

Warum fährt der blöde Zug auch erst nach zwei? Ist ja eine hirnrissige Zeit. Ich kenne niemanden, der nach zwei von Salzburg nach Zell will. Man ist ja dieser Bahn total ausgeliefert. Früher ist man am Morgen von zu Hause in die Stadt gefahren und am Abend eben wieder nach Hause. Doch jetzt ist man den Computern ausgesetzt und die Zeiten ändern sich dauernd und teurer wird auch alles. Aber das liegt vor allem an der Regierung. Die tut rein gar nichts dagegen und die EU ist auch schuld. Wir lassen uns viel zu viel von Brüssel gefallen. Und jetzt wollen's auch noch Minarette bauen bei uns, ein Wahnsinn! 13 Uhr 36 - Also kurz nach halb zwei. Ich sag's ja, man braucht nur eine gesunde Einstellung und dann geht alles. Apropos gesund. Es ist zwar nicht gesund, aber ich werde mir einmal nach langem wieder eine Packung Zigaretten kaufen. Der Zigarettenkauf dauert zwar auch nur zwei Minuten, aber jetzt habe ich endlich eine Aufgabe. Ich schlendere am Vorplatz zu zwei anderen Rauchern, blicke zurück auf die große Uhr, lasse mich zu einem kleinen Bier überreden und rauche noch eine zweite Zigarette. Ich fühle mich jetzt besser, komme wieder zurück und will mir doch noch eine Zeitung kaufen.

Eine Gruppe von jungen Deutschen irritiert mich mit ihrem Gequassel, doch die Amerikaner sind recht freundlich; dick, bunt, laut, aber freundlich: Wo es einen Bus gäbe, wo eine Bank und überhaupt.

Mein kritischer Blick erfasst die Uhr. Es ist 14 Uhr 04. 14 Uhr 04? Na, jetzt wird es aber höchste Zeit! Mein Herz beginnt zu pochen. Ich spüre es nicht, aber ich kann es hören. Überall stehen plötzlich Leute herum: Mit Koffern, mit Rucksäcken, eine Frau mit Hund. Wozu braucht die einen Hund? Eine mit einem Kinderwagen. Wozu? Nein stopp, ein Alter mit einer Krücke, ein ganzer Haufen Japaner. Also jetzt Platz gemacht! 14 Uhr 07 - Der Lautsprecher plärrt etwas von Bahnsteigen.

Ich nehme nicht die Rolltreppe, sondern haste im Zickzack die breiten Stufen hinauf. Die Tasche entgleitet mir. Ich muss wieder zwei Stufen zurück und auch die Zeitung aufheben. Ich muss mir auch den Mantel aufmachen und einige Male durchatmen. Oben stehen schon wieder Leute sinnlos herum. Ich bahne mir einen Weg nach links zum Bahnsteig 2. Endlich sehe ich den Zug. Ich will schon einsteigen, da fällt mir das Schild mit „Wels" auf. „Wels?" Wo ist der Zug nach „Zell"? Zum Glück finde ich einen Bahnbediensteten in Sichtweite. Der Zug nach Zell?, der geht von Bahnsteig 4 ab. Bahnsteig 4? Und wann? Um 14 Uhr 12! Ich laufe auf die andere Seite, sehe den Waggon, den Fahrdienstleiter mit der roten Kappe und der blöden Kelle. Ich sehe, wie sich die Türen in Zeitlupe schließen und sich der Zug langsam in Bewegung setzt! Der Fahrdienstleiter sagt nichts, aber seine Miene bedeutete wohl: Das nächste Mal müssen´s halt a bisserl früher kommen!

P.S.: Aber es hätte schlimmer kommen können, denn der nächst Zug fährt ja schon in zwei Stunden!

Das Hotel

Das Hotel Tauernblick war ein gutes Haus im Ennstal: Großer Speisesaal, Kellerbar, Gastgarten, achtzehn Zimmer und ein Nebengebäude für das Personal. In den 80er-Jahren wurde aufgestockt und erweitert und in den 90ern kamen noch ein Wellnessbereich und eine Tiefgarage dazu. Die Familie Sailer konnte stolz auf ihr Lebenswerk sein und übergab das Haus Sohn Wilfried. Tochter Wiltrud hatte Medizin studiert, lebte in Wien und bekam eine schöne Abfindung.

Wilfried Sailer war gerne auf Reisen und sammelte natürlich auch viele Anregungen für sein Hotel. Was ihn dabei störte, war der immense Aufwand, den jedes neue Angebot für die Gäste verursachte: Raucherzone, Kinderecke, Internetcorner, Fitnessroom, Animation, Tanzbar, Shuttlebus etc.

Als er die Anfrage nach einem Wochenseminar wegen mangelnder Infrastruktur und Räume absagen musste, reifte in ihm eine neue Idee: Er wollte sein Haus in ein Seminarhotel umwandeln. Das brächte weniger Fluktuation, einfachere Essenszeiten und bessere Gäste!

Der moderne Anbau war schließlich gut gelungen, die Homepage aktualisiert und das neue Motto war „Visions in the mountains". Es funktionierte. Mit weniger Personal und höheren Preisen hatte sich die Investition bald amortisiert. Doch Sailer wollte mehr: mehr Unabhängigkeit, mehr Freizeit und eben überhaupt mehr.

Der Besuch in einem tibetischen Kloster brachte die ersehne Erleuchtung: Zeit und Ruhe!

Zu Hause googelte er alternative und esoterische Adressen und fand die „Entschleuniger", ein Institut für Manager-Burnout. Das Ziel war jeweils Vormittag und Nachmittag zwei Stunden ohne Telefon und Notebook auszukommen. Manche kamen so seit Jahren wieder zum Schwimmen, spazierten im Garten oder schrieben eine Ansichtskarte. „Silentium", eine Sekte, die die Kraft in der Stille sucht, war eigentlich noch strenger, schließlich ging es nur um kontemplatives Hocken und Redeverbot von 8 bis 20 Uhr. Nebenbei keine Presse, keine Hektik und für Sailer gutes Geld.

Doch warum eigentlich Essen und Trinken? Gute Köche waren sowieso rar und das Servicepersonal unbeständig. Doch die Umsetzung war schwieriger als erwartet, denn Seminare für Weightwatching, Figurelling und Diäting wurden ausschließlich von Frauen besucht und vertrugen sich nicht mit den ruhigen Männerseminaren.

Sailer fühlte, dass es da eben noch einen weiteren Durchbruch bräuchte. Was könnte man denn noch reduzieren? Warum eigentlich im Haus schlafen?

Wozu Betten? Aber wie konnte man schweigende Männer, fastende Frauen und Naturträumer unter einen Hut bringen?

Wieder einmal war Kalifornien einen Schritt weiter. Dort hatte man indianische Initiationsriten zu einer „Vision Quest" weiterentwickelt: Allein in unberührter Natur, ohne Nahrung und ohne Kommunikationsmittel! Was könnte man wohl dafür verlangen? Billig dürfte es auf keinen Fall sein, denn was zählte, waren die eigene Erfahrung und gewonnene Reife – eigentlich unbezahlbar.

Das gut gehende Seminarhotel hatte schließlich tolle Auszeichnungen für Energiesparen, Umweltschutz und Effizienz bekommen und international Furore gemacht. Doch Wilfried Sailer sah sein eigentliches Ziel noch immer nicht ganz erreicht. Er verpachtete sein Hotel und gründete die Internetfirma „Visions pure". Seine Sekretärin administrierte alles alleine. Sie managte die Buchungen, teilte den Seminarteilnehmern ihre Plätze im Gebirge in Form von GPS-Daten zu und erledigte die Abrechnung über Kreditkarten. Endlich minimaler Aufwand und maximaler Gewinn!

P.S.: Auf einer Indienreise lernte Sailer die Kunst des Meditierens kennen. Er verzichtete auf Essen und Schlaf, verlor Haare, Zähne und schlussendlich das Bewusstsein. Sein Antlitz wirkte jedoch entspannt und er schien zu lächeln.

Meckermann

Am Zielflughafen fanden wir gleich den Mann mit dem großen Schild. Er meinte, wir könnten schon mal Geld wechseln. Eigentlich Unsinn, weil wir doch „all inclusive" bezahlt hatten. Aber meine Frau meinte, ein Kaffee oder eine Ansichtskarte seien eben noch nicht dabei und wir wechselten daher ein paar Euro um.

Nicht bedacht hatten wir, dass der dreckige Bursche, der meinen Koffer zum Bus zerrte, schon ein Geldstück wollte und meine Frau täglich mehrmals Kleingeld brauchte, um sich von den vielen Klofrauen wieder freizukaufen. Ich wählte meist die Baumvariante und zog mir wahrscheinlich den Groll Allahs zu, der ja hier ständig anwesend ist. Fast unheimlich, denn zu Hause ist er ganz weit weg.

Das ganze Land macht einen recht unansehnlichen Eindruck: Straßen ohne Gehsteige, Häuser ohne Dächer, Männer mit Handtüchern auf dem Kopf, Frauen in langen Kitteln und Kinder ohne Schuhe. Ja und der Staub, ich sage euch, Erde, Staub und Dreck, wohin man schaut, einfach grauenhaft. Gott sei Dank hatten wir einen hohen Bus und fuhren schnell genug, um die Armut nicht sehen zu müssen. Aber die Leute sind selber schuld. Sie tun ja auch nichts: Sitzen am Straßenrand oder auf einem Esel, die Frauen lachen und balancieren Krüge auf dem Kopf, die Männer rauchen und die Kinder sind vielleicht dreckig! Sie halten immer ihre Handflächen her, wahrscheinlich sind das ihre hellsten Stellen, furchtbar!

Unser Hotel „Zur faulen Dattel" war voller Ausländer, Zimmer im fünften Stock, sehr klein, getrennte Betten oder besser gesagt getrennte Hängematratzen, aber Blick aufs Meer. Oh ja, das Meer! Einfach gewaltig, weit und blau. Ach, es ist schon schön zu reisen und die Welt kennen zu lernen: Das Land, die Menschen, ihre Kultur und eben überhaupt. Ich entdeckte auch eine Minibar mit Cola und Bier und den Fernseher mit CNN, BBC, Al-Jazeera, noch was Arabischem und dem ZDF! Ilse, wir haben es wieder einmal gut erwischt!

Das Abendessen war aber ein Fiasko: Riesiges Buffet mit lauter fremdem Zeug.

Schon die Gerüche der Suppenkessel verdrehten einem den Magen. Die gelben, grünen, violetten, hell- und dunkelbraunen, die scheckigen und die blassen Häufchen von gekochten und rohen Dingen, die heißen und die kalten Töpfe, Schüsseln, Terrinen und Platten verhießen alle nichts Gutes. Nirgends ein Schnitzel oder ein Knödel. Am Ende der Tafel fanden wir wenigstens Torten, Kuchen und Kekse. Doch Durchfall hatten wir dann trotzdem, so wie die anderen auch.

Warum muss eigentlich der Pfarrer bei denen immer so laut vom Turm herunterschreien? Ist eine Zumutung sondergleichen. Reingegangen sind wir in so eine Moschee sowieso nicht, wegen der lächerlichen Trennung von Männern und Frauen.

Obwohl, das war bei den Katholiken früher ähnlich, denn Weiber lenken Männer eben leicht vom Spirituellen ab. Die Männer sind auch sonst verantwortungsbewusster: Sie regeln den Verkehr und sorgen für Ordnung, sie sitzen in den Teehäusern und diskutieren über Sicherheit und Waffen und machen eben die Politik und Kultur. Der Höhepunkt unserer Reise war aber der freie Nachmittag. Wir fanden ein Kaffeehaus, in dem wir die Ansichtskarten schreiben konnten und Ilse die zwei SMS gelesen hat. Getrunken haben wir grünen Tee mit Pfefferminzblättern aus silbernen Teekännchen: Niedlich und originell und eine tolle Umgebung mit arabischen Kehllauten und anrüchigem Französisch.

In unserem Hotel gab es auch ein schönes Geschäft mit bunten Tüchern, Silberreifen, Schuhen, Taschen, Messern und Schnitzereien. Meine Frau griff immer wieder nach der roten Ledertasche und ich hatte mir schon einen tollen Dolch ausgesucht. Hier war es angenehm ruhig und man brauchte nicht zu feilschen, schließlich sind wir ja auch keine Juden. Nun unsere Schnupperreise ging bald zu Ende und Ilse machte noch ein paar Fotos, denn wir wollten ja zu Hause zeigen, dass wir heuer auch weggeflogen waren.

P.S.: Meinen schönen Dolch haben mir dann die Gauner bei der Ausreise abgenommen, die Trotteln, die Murrln, die depperten.

Die Kreuzfahrt

Meine Eltern hatten vor dreißig Jahren eine tolle Reise nach Ägypten gemacht. Sie haben sich einen guten Reiseführer und einen Roman zur Einstimmung gekauft. Sie blätterten in Geschichtsbüchern und besuchten einen Diavortrag in der Volkshochschule.

Der alte Apotheker war auch schon einmal in Ägypten gewesen und riet ihnen zu einer Impfung gegen Typhus und Cholera. Außerdem kauften sie bei ihm Diportabletten zur Wasserentkeimung. Die letzten zwei Wochen wurden hektisch, weil sie noch die Zugtickets brauchten, auf das neue Teleobjektiv für die Kamera warteten und weil sie noch unschlüssig über die richtige Kleidung waren. Außerdem waren noch die Pässe zu verlängern und die Visa zu besorgen. Wieviel Bargeld und wieviel in Travellerschecks wären wohl richtig? Und eben überhaupt!

Die Fahrt mit dem Zug nach Triest war gar nicht so einfach, mussten sie doch zweimal umsteigen und kamen erst nach Mitternacht an. Gewaltig war dann der Anblick der „Mediterranea". Sie war wahrscheinlich das größte Schiff im Hafen. Am Nachmittag konnte man die lange Gangway hinaufsteigen und einchecken. Sie hatten zwar nur eine winzige Kabine ohne Meerblick, aber immerhin ihre eigene. Die Betten waren aus Eisen und gut verschraubt. Sehr schön waren der Speisesaal und noch ein zweiter Saal für Musik und Tanz am Abend. Man konnte sogar Filme über Tunesien und Ägypten anschauen. Liegestühle an Deck und Sonnenschirme, ein Schachtischchen und eine kleine Bar mit kühlen Drinks und Eiscreme ließen ihre Herzen höher schlagen. Ganz besonders habe ich noch in Erinnerung, wie sie von den Spaziergängen am Abend geschwärmt hatten. Besonders beeindruckt hat sie offenbar ganz vorne am Bug zu stehen, den frischen Wind zu spüren und den Horizont zwischen Wasser und Himmel nach Sonnenuntergang zu erahnen. Man konnte das Salz riechen und spürte, wie man Europa zurückließ und in den Sog eines neuen Kontinents geriet: Afrika! Einfach toll!

Nun, die Fahrt von Alexandria nach Kairo, das Taxi hinaus nach Gizeh zu den Pyramiden, die Tage in Kairo, die Nilfahrt auf einer Feluke, die Teepause im Zelt und die durchzechte Nacht im Hafen waren bleibende Eindrücke. Da waren noch die Salzburger, die sie im Basar getroffen hatten, der alte Mann, der ihnen etwas gegen Durchfall gegeben hatte und die einäugige Katze, die ihnen immer nachgelaufen war.

Sie waren schwer beeindruckt und was sie in diesem Urlaub erlebt hatten, konnte ihnen niemand mehr nehmen. Wieder zu Hause, waren sie kaum wiederzuerkennen: abgemagert, braungebrannt, schmutzige Kleider und er mit Bart. Familie und Freunde waren neugierig und konnten so manche Episode erst glauben, als sie die Fotos sahen. Ja, wenn einer eine Reise tat, dann konnte er eben etwas erzählen.

Wir wollten auch einmal eine Schiffsreise machen, aber so eine, wo man sich um nichts mehr kümmern muss: Essen, Trinken, Entertainment und etwaige Ausflüge „all inclusive"!

Ein Bus brachte uns direkt zur „MS Blue". Sie war ein ganz modernes und großes Schiff. Acht Decks, drei Speisesäle, eigener Wellnessbereich, neues Palmenhaus, Animateure, Spielcasino, diverse Shops, ein Frisör usw. usw. Wir hatten auch eine schöne Kabine. Zwar nicht groß, aber nett eingerichtet und mit integrierten Hygieneräumen. Beeindruckend war der technische Komfort: Bordtelfon, Wertkarten-Handy für externe Gespräche, PC mit Internetanschluss, Stereoanlage für Radio und die Musik-CDs, TV-Gerät mit mit ausgesuchtem Sortiment an DVDs, vielen internationale Fernsehkanälen, der Deutschen Welle und bordeigenen Programmen. Man konnte damit zu den einzelnen Decks und vor allem zur Bugkamera schalten. Somit ersparte man sich die langen Wege an Bord, vermied die Drängelei vorn am Bug und zerzauste sich auch nicht die Frisur. Man sah mit einem Blick, wie das Wetter war, setzte sich nicht möglichen Erkältungsgefahren aus und musste sich auch nicht extra anziehen. Das war wirklich praktisch. Wir hatten auch bald heraußen, dass das

Roomservice auch inclusiv war und somit brauchten wir unsere liebgewonnene Kabine gar nicht mehr zu verlassen!

Beim Landausflug in Tunis schwankten wir noch zwischen Mitmachen oder an Bord Bleiben und dafür die entsprechende DVD anzusehen. Gott sei Dank hatten wir uns richtig entschieden und blieben in unserer airconditioned Kabine. Der Film war nett gemacht und wir sahen ihn uns im Liegen an, während die anderen dem Geschrei, dem Gestank und der Mittagshitze an Land ausgesetzt waren. Wie wir später erfuhren, wurde dem Maier die Geldtasche gestohlen. Das hat er nun von seiner Neugierde und dem Hinterherrennen. Einige hatten sogar Verdauungsprobleme bekommen, weil sie Eis gegessen und fremde Kinder berührt hatten. Ja, ja!

Unsere Reise war sehr zufriedenstellend: Das Essen vielseitig und gut, das Roomservice rasch und freundlich und die Betten bequem. Lief einmal kein wichtiger Film im TV, schalteten wir auf eine der Bordkameras oder gleich auf die Bugkamera. Schließlich wollten wir ja etwas von unserer Reise mitbekommen und überhaupt.

Den Ausflug in Ägypten machten wir virtuell, wie es sich schon in Tunesien bewährt hatte. Gut so, denn diesmal wurde von einem Bombenanschlag, zwei Entführungsversuchen und drei Diebstählen geredet. Aber die Leute sind ja selber schuld, wenn sie unbedingt im Land der Kakerlaken herumlaufen müssen. Am letzten Abend der Reise wären wir bald zum Käpt'ndinner gegangen, doch wir wollten

„Cleopatra" mit Richard Burton und Liz Taylor im Fernsehen nicht verpassen und auch nebenbei immer wieder einen Blick mit der Bugkamera auf die wilde See wagen, denn wozu waren wir denn auf einer Mittelmeerkreuzfahrt?!

Kurz vor Ende der Reise gingen wir noch durch das ganze Schiff und staunten über seine Größe. Im Shoppingcenter kauften wir uns eine Vase mit Tut-anch-amun und eine Doppel-CD, auf der alle wichtigen Dinge über das Schiff und die Landausflüge zusammengefasst waren. Schließlich wollten wir ja zu Hause allen zeigen, was für eine tolle Kreuzfahrt wir gemacht hatten.

P.S.: Unser zehnjähriger Sohn verstand überhaupt nicht, warum wir so eine aufwändige und zeitraubende Reise unternommen hatten. Wenn er etwas unternehmen und sehen wollte, würde er sich online ein neues Modul für seine Magic-world-play-station bestellen und bräuchte nicht extra auf ein Schiff zu gehen! O.k.?

Die Alte

Haben sie es auch gemerkt? Unsere Erde ist in letzter Zeit einem starken Wandel unterworfen: Die Gravitation hat stark zugenommen. Ich spüre das besonders morgens beim Aufstehen; das war früher eindeutig anders!

Auch die Entfernungen werden immer länger: Gestern ging ich um die Ecke und war verblüfft, wie lang unsere Straße geworden ist! Auch die Treppen werden jeden Tag steiler und die Taschen immer schwerer!

Die Leute sind jetzt auch weniger rücksichtsvoll, vor allem die jungen. Sie flüstern die ganze Zeit! Was denken sich die denn, soll ich vielleicht jetzt Lippen lesen?

Die sind auch wesentlich jünger als ich damals war. Andererseits kommt mir vor, sehen Leute in meinem Alter viel älter aus als ich. Unlängst habe ich eine Bekannte getroffen und die ist so viel älter geworden, dass sie mich gar nicht mehr erkannt hat!

Außerdem ist alles viel schneller geworden. Auf der Straße riskierst du heutzutage Kopf und Kragen. Die Autos bremsen sich hinter dir ein und die Fahrer schreien und gestikulieren wie wild. Furchtbar!

Auch die Textilhersteller sind unseriös geworden. Warum bezeichnen die die Kleidergröße 36 oder 38 plötzlich als 46 oder 48? Glauben sie denn, dass das niemand bemerkt? Oder die Hersteller von Personenwaagen: Denken die wirklich, dass ich das glaube, was mir die Skala vorgaukelt? Wer will uns denn da reinlegen? Ich wollte einige Leute anrufen und berichten, was da so in letzter Zeit vor sich geht, und da musste ich entdecken, dass selbst die Nummern in den Telefonbüchern inzwischen kleiner gedruckt sind! Wie soll denn das weitergehen und was können wir dagegen tun? Es ist bedrückend, entwürdigend und überhaupt! Wir müssen uns wehren! Draußen laufen auch schon immer Leute mit ihren Telefonen herum und verabreden sich! Sind das die Amerikaner oder die Russen oder die Freimaurer?

P.S.: ICH SCHICKE DIE NACHRICHT JETZT IN GROSSEN BUCHSTABEN WEG, WEIL MEIN COMPUTER AUCH SCHON ALLES KLEINER SCHREIBT ALS FRÜHER!

Die Spende

Sie sind schon lästig diese Sammler: Die Bergrettung, die Wasserrettung, die Musikkapelle, die Feuerwehr, die Lebenshilfe, das Rote Kreuz, die Caritas, die Landeshilfe, der Blindenverband, die Taubenzüchter und weiß der Teufel, wer noch aller daherkommt mit seinen Dosen und Klingelbeuteln. Du erkennst sie an der aufgehaltenen Hand, dem demütigen Blick und der Liste mit den Beträgen deiner Nachbarn.

Heute habe ich wieder zwei so Gestalten gesehen, die an die Türen pochen.

Uniformen haben sie keine an, Bettler sind es auch keine, vielleicht welche, die für die Hochwasseropfer sammeln? Egal, ich spende nichts. Wo kommen wir denn da hin, wenn man jedem Dahergelaufenen was geben sollte. Mir schenkt ja auch niemand was, oder?!

Ich sperre vorsichtshalber die Haustür zu und ziehe die Stores in der Küche vor, damit man nicht hereinsehen kann. Stopp, nochmals hinaus und das Garagentor zu, sonst glauben die, ich sei zu Hause und mache nicht auf.

Ein Blick hinaus, doch man sieht niemand Verdächtigen auf unserer Straße. Gut so. Eigentlich bräuchte ich noch Schnittlauch vom Garten, aber dann kommen die womöglich gerade in diesem Moment. Wenn man nur um die Straßenbiegung schauen könnte!

Ich mache Kaffee und setze mich so, dass ich gut auf die Straße schauen kann. Wieso brauchen die eigentlich so lange? Ob wirklich jeder etwas gibt? Die

Huber sicher nicht, aber die Oberkofler wird wieder protzen mit ihrer Spende.

Na ich würde höchstens 5 Euro geben, oder doch 10? Aber es ist schon ärgerlich, dass sich die so Zeit lassen. Ich habe ja schließlich auch noch was anderes zu tun.

Aber was ist, wenn die bei mir läuten, sehen, dass alles zu ist und gleich wieder gehen? Die Grabner nebenan weiß ja, dass ich zu Hause bin.

Ich sperre die Haustüre wieder auf und öffne das Garagentor. So, jetzt mache ich auch noch die Terrassentür auf. Ich fühle mich erleichtert. Am besten ist es wahrscheinlich, ich gehe ihnen ein Stück entgegen. Die 10 Euro nehme ich gleich mit. Oder ich warte erst einmal beim Gartentor. Ob ich etwas Schöneres anziehen soll? Halt, dort fährt ein Auto weg. Ob die das waren? Das wäre aber unerhört, wenn die gar nicht zu mir kämen. Bin ich denn niemand? Ist mein Geld denn gar nichts wert?

Ich fühle mich betrogen, aber so leicht kriegen die mich nicht unter. Ich ziehe meine Jacke an und schwinge mich auf das Fahrrad. Die erwische ich schon noch und dann knalle ich ihnen mein Geld hin, ja! Doch das Schicksal ist mir nicht gnädig. In der ganzen Straße kein Auto und keine Sammler. Ich bin enttäuscht, verzweifelt und überhaupt. Soll ich es mit der Post schicken, überweisen oder gar ein Inserat aufgeben?

An der Kreuzung steht ein Bettler und schaut zu mir her. Na der bekommt nichts von mir. Nicht einen müden Cent. Wo kommen wir denn da hin, wenn jeder bettelt?

Ich fahre heim, mache wieder alle Türen und Tore zu, lege mein Geld zurück und schaue vorsichtshalber zum Fenster hinaus, ob mir der Bettler wohl nicht gefolgt ist. Bagage, elendigliche!

P.S.: Wie sich herausstellte, waren es Losverkäufer gewesen und Frau Oberkofler hatte mit zwei Euro ein Wellnesswochenende gewonnen!

Das Frühstück

Es war gerade 9 Uhr und ich hatte die frischen Panini vorne beim Ristorante, besser, beim einzigen Haus auf unserem kleinen Campingplatz, geholt. Also quattro panini auf den Tisch, zwei Teller, zwei Messer, zwei Tassen, Marmelade, Butter, Salami und eine Flasche Wasser dazu. Den Espresso mache ich auf dem Gasherd und bringe ihn nach. Tisch und Stühle werden noch ganz an das Ufer getragen und der Sonnenschirm dient vorerst nur als Zierde. Julia, meine Lieblingsfrau, hat noch eine Besorgung zu machen und bringt dann den Kaffee mit. Es ist schön hier. Nein, eigentlich superüberwahnsinnstoll.

Wir frühstücken mindestens eine Stunde. Das Wetter ist tadellos, aber der See noch zu kühl, um sich sofort hineinzustürzen, außerdem zieht gerade wieder eine Entenfamilie vorüber und Julia wirft ihnen die letzten Brösel zu.

Dani und Mark, die zwei Wiener, die auch auf unserem Platz sind, schlendern heran und fragen, ob wir mit in den Ort fahren, da heute Markttag sei. Ich sehe Mark aus den Augenwinkeln an und merke, wir sind uns einig: Stundenlanges Herumgehen und Herumstehen zwischen tausend Standeln ist Frauensache. Ich brauche keine neue Handtasche und er offensichtlich keine neuen Pumps.

Als die Frauen weg waren, rauchen wir die eine oder andere Zigarette und lernen uns ein wenig besser kennen. Er ist Disponent bei einer Transportfirma, Anfang vierzig, hat eine Tochter, die bei seiner Ex lebt, und ist jetzt mit Dani verheiratet. Dani ist Kindergärtnerin und das Wohnmobil ist geborgt.

Als es zu Mittag heiß wird, waten wir bis zum Hosenrand ins Wasser und warten auf die Frauen. Doch die haben noch lange nicht alles entdeckt und außerdem dauert der Markt ja bis zwei Uhr. Mark ist ein unkomplizierter Typ und muss nicht lange zu einem Bier überredet werden. Gegen halb drei stehen dann plötzlich zwei Schönheiten hinter uns und kichern: Jede eine neue schwarze Sonnenbrille im Haar und eine Menge Plastiktüten in den Händen. Ob sie mit uns jetzt was essen wollen? Nein, nein, sie haben schon ein Eis gegessen und außerdem hätten wir die zwei Trommler versäumt: So was von schwarz und so große Augen! Sie werden sich jetzt umziehen, ein bisschen frisch machen und wir sehen uns dann später!

Wir haben inzwischen den Weißwein vom Fass probiert, rücken die Stühle mehr in den Schatten und drehen sie in Richtung See. Ach, ist das gut hier zu sitzen. Liegen wäre zwar noch besser, aber keiner von uns will sich eine Blöße geben.

Richtige Alkoholiker brauchen nicht zu essen, sie trinken einfach. Aber ich dagegen bekomme dabei Appetit. Ich deute mit dem Kopf in die Richtung von meinem Wohnwagen und Mark versteht. Wir schlürfen zum Tisch, der dort verlassen steht.

Die Hardware wie Teller und Tassen ist noch da und die Software wie Butter und Marmelade Gott sei Dank weggeräumt. Ich stellte einen Klotz Pecorino und zwei abgerissenen Stück Ciabatta auf den Tisch und das Frühstück kann fortgesetzt werden. Unsere Frauen sind lieb: Irgendwann stellen sie uns eine Kanne Espresso und eine Rolle Kekse dazu. Doch das laute Krachen der uralten Kekse scheint Mensch und Tier zu neuem Leben zu erwecken: Die Entenfamilie schwimmt wieder am Ufer entlang, ein Surfer klatscht ins Wasser, eine Zikade signalisiert Geschlechtsreife, ein Motorradfahrer auch und ein Windstoß lässt das hohe Schilfrohr rauschen.

Als ich den Vorschlag machen will, das ausgedehnte Frühstück zu beenden, kommt mir Mark leider zuvor und meint, er hole nur schnell Zigaretten und wolle nach den Frauen schauen. Warum eigentlich schnell? Warum eigentlich Frauen?

Ich habe ein Tief: Körperlich, seelisch und überhaupt. Der Tisch und ich werfen lange Schatten. Die Sonne hat ihre Kraft verbraucht und ich auch. Wäre da nicht der fatale Druck auf der Blase, ich würde mit der Sonne untergehen. Doch so einfach geht das eben nicht. Da kommt noch viel auf mich zu:

Zuerst kommt Mark, dann kommt das Gewitter,

dann die Diskussion über die Jugend von heute und die Eurofighter, dann die Venus und schließlich die Nacht mit einem großartigen Sternenhimmel. Am anderen Seeufer leuchten die Lichter einer Promenade und der ganze See glänzt im Mondenschein.

Wir sitzen mit unseren Campingstühlen ganz vorne am Wasser. Jeder von uns hat inzwischen eine lange Hose und eine Jacke an. Wir sitzen da und rauchen. Es ist wunderbar friedlich und schön. Ich bin müde und wieder glücklich.

Als ich vorsichtig bei meinem Wohnwagen die Tür öffne, um zu sehen, ob alles in Ordnung sei, wacht Julia auf und fragt, ob es schon Früh sei und ich das Frühstück mache. Ich verneine natürlich und lasse sie weiterschlafen.

Der Horizont bekommt inzwischen einen hellen Streifen und Mark und ich beschließen noch durchzuhalten.

P.S.: So ein Frühstück am See ist eben nichts für Weicheier!

Bali

Die Kinder sind ganz schön laut. Sie werfen sich Muscheln zu, laufen um die Wette und verstecken sich. Fröhliche junge Menschen, dunkle Haut und leuchtend weiße Zähne. Die Männer ziehen ihre Einbaumboote mit den Auslegern den flachen Strand hinunter. Wassertemperatur 27 Grad, Lufttemperatur 35 oder mehr. Nach dem Frühstück kommen wohl die ersten Touristen, mit denen sie hinaus zum Riff fahren: Taucherbrille, Schnorchel und Flossen - eine bunte Welt der Korallen - alles lebendig und echt - ruhig und wie in Zeitlupe, Fische ziehen vorbei, schauen dich an oder ignorieren dich – unglaublich!

Mit dem Motorrad knattern wir dann in den Ort. Die vielen Frauen, die hohe Stöße von bunten Hemden und Hosen auf ihrem Kopf balancieren, verstellen uns den Weg zum Obst- und Gemüsemarkt: Am stärksten leuchten die roten Chilischoten in den Körben. Aus dem Geruch von Schweiß und tausend Gewürzen sticht einer hervor: Irgendwo muss jemand eine Stinkfrucht aufgeschnitten haben. Enten werden lebendig angeboten, verpackt in Hüllen aus Bambusblättern. Hüte, Körbe und Taschen sind echte Handarbeit und kosten fast nichts.

Beim Eingang zum Tempel müssen wir einen Sarong umbinden. Auf jeder Stufe liegen frische Blüten in den Farben Weiß, Gelb, Rot und Blau – ein Opfer für die vielen Götter Balis. Wir schreiten durch ein gespaltenes Tor, wo gerade Vorbereitungen zu einem

Fest getroffen werden. Ein Tempeldiener schlägt monoton auf eine Trommel: bum–dum, bum-dum, bum-dum. Es sind meist Frauen, die uns begegnen: „Selamat datang". Wir falten auch die Hände vor unserer Brust und verneigen uns. Eigentlich eine schöne Geste.

Ein Blick noch auf den heiligen Banyanbaum in der Mitte. Heilig oder zumindest beseelt ist hier alles: Jedes Tier, jede Pflanze, jeder Berg, jeder Fluss, ja jedes Steinchen, das vor dir liegt. Schön, aber die Mücken auch, die hier herumschwirren?

Endlich landen wir in einem schönen Restaurant: Air Conditions, kühles Bintang-Bier, endlich jemand, der englisch spricht. „Yes, fishsoup, nasi-goreng with fresh chickencurry and only a little bit of chili, please".

Der warme Regen setzt wieder ein und sprüht bis auf unseren Platz. Die Palmen wiegen sich im Takt des Xylophonspielers. Die Mangos und die Kakaofrüchte nicken, eine Schlange wickelt sich um den Stamm, ein Gecko zwinkert mir in Augenhöhe zu und der schwarze Vulkan dort hinten beginnt wieder zu rauchen.

Alle summen ein langes „Ooommm". - Urklang des Traumbewusstseins durchdringt das Dunkel der Un-wissenheit und gleitet auf einem weiten Bogen in eine neue Dimension des Allumfassenden … Doch plötzlich beugt sich eine Frau mit wunderschönen Augen zu mir herab und flüstert: „Fasten seat belt"! Ich wache auf und sehe Berge unter mir. „Wir befin-den uns im Landeanflug auf Salzburg, der Schneefall hat aufgehört und die Landebahn ist geräumt. Die Bodentemperatur beträgt plus 2 Grad. Ich hoffe, sie hatten einen guten Flug und wir dürfen sie wieder bei Coconut-Airlines begrüßen!"

P.S. Ich war zwar wieder da, aber meine Seele hatte noch einen Tag länger gebraucht.

Das Notebook

Eigentlich wollte er schon immer etwas schreiben. Einen Roman oder ein paar Gedichte, ein kurzes Drama oder gar eine Komödie? Er würde schon sehen. Wichtig wäre einmal ein Notebook, denn mit losen Zetteln arbeiten oder womöglich in ein Schulheft schreiben, das wäre ein schlechter Anfang. Ein Notebook wäre schon deshalb nötig, weil man ja als Schriftsteller nicht immer zu Hause sitzen sollte. Die Inspirationen kommen erst in der richtigen Umgebung, bei interessanten Leuten und eben überhaupt.

Herr Sattmann besuchte erst das Fachgeschäft seiner Stadt und dann den Computergroßmarkt in der Hauptstadt. Die Fülle des Angebots war erdrückend. Eines stand jedoch fest, es sollte auf alle Fälle ein Stück sein, das auch alle Stücke spielt. Ein Kollege half ihm bei der Auswahl:

Natürlich ein Intel-Centrino -Prozessor mit 360-GB-Festplatte, 4200 MB Arbeitsspeicher, digitaler Grafik- und Soundkarte, DVD-Brenner, Breitbandanschluss mit integriertem Modem, Mikrofon und Kopfhörer obligatorisch, Speicherkartenleser plus Smartcard und selbstverständlich W-lan, um kabellos ins Internet zu kommen und schließlich noch das Softwarepaket mit einem guten Fotobearbeitungsprogramm upgraden usw. usw. Das gute Stück war bald im Haus und seine Frau verzichtete freiwillig auf das neue Fahrrad, das sie gerne gehabt hätte.

Jetzt ging es noch darum, den richtigen Ort zu finden, wo man gut schreiben konnte:

Italien? -nicht schon wieder! Eine griechische Insel? – vielleicht. Deutschland? – nein! Spanien? – zu weit! Frankreich? – warum nicht!

Schließlich fanden sie den richtigen Ort: Finistere in der Bretagne. Das Ende der Welt, wo die letzten Granitfelsen in den Atlantik ragen – das alte Land der Kelten und Druiden – ja, wohl der richtige Ort für einen Schriftsteller!

Die Sattmanns fuhren mit der Bahn über Paris nach Brest und von dort weiter mit dem Bus. Da am Ende der Welt kein Hotel stand, mussten sie in Audierne bleiben, einem schrecklichen Nest mit dunklen Häusern, einer noch dunkleren Kirche und einem fast schwarzen Pfeil nach Finistere.

In den ersten Tagen versuchten sie sich etwas zu orientieren und Vokabeln zu lernen, wie z.B. Hotel – otel, Auto – auto, Bus – bus …
Etwas schwieriger wurde es beim Essen:
Restaurant – restaurant, Tee – the, Kaffee – café … Umso schöner war dann die Entdeckung, dass Pommes Frites hier auch pommes frites hießen.

Bald hatte sich ein gewisser Rhythmus einge-
spielt: Nach dem Frühstück ging er mit dem Notebook auf den Balkon und sie einkaufen, dann ein
gemeinsames Mittagessen, ein Mittagschläfchen und
schließlich ein gemeinsamer Bummel durch und um
den Ort. Am Abend saß er wieder auf dem Balkon
und wartete auf eine Eingebung und sie saß im Zimmer vor dem TV-Gerät.

Zweimal waren sie auch schon mit anderen Hotel-
gästen nach Finistere gefahren. Doch zum Schreiben
war er dort auch nicht gekommen. Es war immer
windig gewesen, die Brandung hatte gestört und die
blöden Möwen hatten nur gekreischt.

Zurück auf dem Hotelbalkon kamen auch keine
schöpferischen Gedanken auf und außerdem fühlte
er sich durch die Anwesenheit seiner Frau zu einge-
engt. Noch hatte er nichts geschrieben, aber auf die
Menge sollte es ja nicht ankommen.

Wahrscheinlich wäre eine griechische Insel doch
richtiger gewesen – mit Hanna aus dem Buchladen
- unter Oleander und Bougainvillea. Er sah rote Lippen und pralle Brüste, spürte, wie ihm warm wurde
und der Mann in ihm erwachte. Er hörte die Klänge
der Bouzuki und war berauscht. Ja, jetzt fühlte er
sich inspiriert, jetzt konnte er schreiben! Er tippte
und tippte bis tief in die Nacht hinein. Ja, das war
es! Er hatte seine erste Geschichte geschrieben und
er war glücklich.

Als er morgens nicht aufstehen wollte, griff seine
Frau mit untrügerischem Instinkt nach dem Notebook und las alles über Hanna und ihren Mann! Sein

Täuschungsmanöver mit Ölbaum statt Essigbaum und Retsina statt Veltliner war leicht zu durchschauen. Wie lange ging das wohl schon zwischen diesem schamlosen Luder und dem geilen Frührentner? Sie packte das Notebook und warf es vom Balkon. Es schlitterte fast bis zum schwarzen Pfeil.

Frau Sattmann verließ das Hotel noch am gleichen Morgen und reiste ab: Erst nach Hause und dann weiter nach Griechenland. Dort lernte sie griechisch:

Hotel – hotel, Auto – auto, Kaffee – kafe … Schließlich entdeckte sie einen feschen Mann und das Interesse am Schreiben.

P.S.: Wichtig wäre eben auch einmal ein Notebook!

Der Storch

Fünfundsechzig Störche sind es heuer wieder. Auf den meisten Häusern finden wir auf dem Kamin ein Nest. Waren es früher Wagenräder, so sind es jetzt eiserne Gestelle, die als Unterbau dienen. Das eigentliche Nest bauen die Störche jedoch aus dem Schilf vom nahen Seeufer. Ab Mitte Mai sind die alten Störche aus Afrika wieder da, paaren sich ungeniert in luftiger Höhe und klappern den Touristen zu.

Dass sie gerne auf einem Bein stehen ist wissenschaftlich nicht ganz geklärt. Manche Leute meinen, das sei ausschließlich Angeberei, andere vermuten raffiniertes Kräftesparen dahinter und die Ornithologen, die immer vom Standbein und vom Spielbein gesprochen haben, ja die logen. Völlig überzogen ist wohl auch die Theorie, dass die Störche mit dem angezogenen Bein, den heranfliegenden Kollegen heimlich Zeichen gäben.

Der Ort liegt inmitten der Weinhänge, die ihn umsäumen, in einer jahrhunderte alten Kulturlandschaft und die Milde des großen Steppensees bildet die Grundlage für den berühmten Wein.

Übrigens, wenn man die Weintrinker in den unzähligen Schenken beobachtet, dann fallen schon einige Parallelen zu den Störchen auf: Viele Leute stehen auch auf einem Bein, haben das zweite leicht angewinkelt, haben eine „große Klappe, kleines Hirn und Drang nach Süden", wie es mein Nachbar gerne ausdrückt. Wer was von wem unbewusst übernommen hat, bleibt wohl ein Geheimnis.

Hans Jellinek, der Wirt von der Ruster Rathausschenke, ist noch ein Mann des alten Schlages: Kochlehre in St.Margarethen, kurze Zeit bei einem Weinhändler in Eisenstadt und dann Mitarbeit im elterlichen Betrieb, den er vor zehn Jahren übernommen hat. Gabi, seine Frau, steht zwar mit beiden Beinen auf der Erde, kann aber auch nicht die Klappe halten. Der beste Wein aus eigenem Anbau und eigenem Keller, den sie produzieren, ist „Der weiße Storch".

Ein Welschriesling der besten Art: Fein perlig im Glas, fruchtig in der Nase und leichte Säure auf der Zunge; gute Entfaltung in die Breite und ein Hauch von Modrigkeit im Abgang, quasi die breite Palette der Trauben bis zur Spätlese.

Jedenfalls, ein Wein für alle Fälle: Ein Grad niedriger als vierzehn macht ihn zum spritzigen Aperitif, ein Grad wärmer zum Zungenlöser und zwei Grad wärmer zum Zungenbrecher.

Auch die Menge soll dabei keine unwesentliche Rolle spielen: Ein Glas vorher ist verlorene Liebesmüh, zwei Glas vorher lösen Zunge und Gürtel. Nach drei Gläsern vorher ist es dann soweit. Doch als Nebenwirkung kommt womöglich im Frühjahr der

Storch und bringt etwas aus Afrika mit. Hoffentlich ist es weiß!

P.S.: Ein Achterl geht noch. Prost!

Der Häcksler

Der Anlass war traurig, aber das Resultat günstig: Ich hatte geerbt!

Nun, es war nichts Großartiges, aber eben doch etwas und noch dazu etwas, was ich schon immer haben wollte: Ein Häcksler!

Die Villa bekam Tante Linde, Boot und Auto Onkel Rudi, das Klavier meine Mutter, die Plattensammlung mein Vater und den Häcksler ich, weil ich Opa immer im Garten geholfen hatte.

Nun, ich wusste gleich, wohin das Ding kommen sollte, nämlich hinter unsere Gartenhütte, wo sich die diversen Komposter befinden. Der alte Heckenzaun könnte einem neuen Holzzaun weichen und die gesamte untere Gartenecke könnte in frischem Glanz erscheinen, wenn man noch die eine oder andere Kleinigkeit ergänzte.

Meiner Frau war das ziemlich egal und außerdem konnte sie sich meine technischen Pläne sowieso nicht recht vorstellen. Somit hatte ich freie Hand und mein Geist konnte sich wieder einmal so richtig entfalten.

Ein befreundeter Baumeister grub die alten Hecken aus und goss ein sauberes Fundament in die aufgewühlte Erde. Ein Zimmerer stellte eine Reihe frischer Holzsäulen auf und großzügig, wie wir waren, zogen wir die Bretterwand gleich bis zur Traufenhöhe hoch. Zum Schutze des Häckslers bauten wir noch ein elegantes Pultdach von der Hütte bis zum Bach. Mein Zimmermann fühlte sich herausgefordert und entwickelte eine Sonderkonstruktion, um alles sauber zu verbinden. Da der übrige Zaun am Bach am besten auch saniert werden sollte, stellten wir einen weiteren Arbeiter an, der auch gleich die alten Holzstufen erneuern könnte.

Jetzt mischte sich auch meine Frau ein, weil sie plötzlich an Stelle des Hausgartens ein Hochbeet wollte, bei dem man sich nicht bücken müsse. Da die Einfassung besser aus Stein sei, kontaktierten wir einen Steinmetz im Nachbarort. Das war aber fatal, denn dort sahen wir einen wunderschönen Brunnen, so richtig mit großem Trog, aus Granit und scheinbar für die Ewigkeit.

Die nächsten zwei Wochen arbeiteten zwischen vier und sechs Leute in unserem Garten. Beim Verlegen zusätzlicher Steinplatten vor unserem Haus entschieden wir uns für heimischen Porphyr. Unser Sohn plante noch Spaliergitter an der Ostseite und unsere Tochter entwarf einen Sitzplatz mit Granatapfel und Himbeerstrauch nach Feng-Shui-Kriterien. Der Dachdecker kümmerte sich inzwischen um Dachrinne und Dachschindeln und den Wetterhahn und überhaupt. Übrigens mit dem Wetter hatten wir Riesenglück und es war eine Freude zu sehen, wie alles gedieh und sich unser altes Haus in eine richtige Villa verwandelte.

Nach einer weiteren Woche harter und vielfältiger Arbeit mit Pflanzen, Umsetzen, Streichen, Lackieren, Leitungen Legen und viel Kleinkram, dachten wir an ein großes Fest als Abschluss.

Doch dazu sollte es nicht mehr kommen, denn einige unliebsame Ereignisse haben unweigerlich ihren Lauf genommen:

Die Nachbarin hinter der neuen Zaunwand hatte einen Anwalt geschickt und der Lackaffe verlangte nicht nur den Rückbau, sondern bestand auch auf einer kompletten Grundvermessung, da die Hütte möglicherweise nicht den nötigen Mindestabstand habe und drohte sogar mit Abriss.

Die Magistratsabteilung hatte Wind von einem Schwarzbau und Brunnenbau bekommen und die zuständige Bezirksbehörde informiert. Vom Arbeitsinspektorat des Landes kam ein Schreiben, in dem ich aufgefordert wurde, alle baubeteiligten Firmen anzuführen, da möglicherweise ein Asylant dabei sei. Nun gebrochen deutsch haben ja die meisten auf unserer Baustelle gesprochen, aber das gehörte irgendwie dazu wie der Geruch von Schweiß und das Verwenden deftiger Ausdrücke.

Meine Frau und ich hatten sich inzwischen mehr und mehr auseinander gelebt. Teilweise war der neue Brunnen schuld, in dem ich mir die Füße wusch, wo er doch nur für das Gießen der Rosen gedacht war, teilweise Zahnpastareste im Bad und teilweise die

Schwiegermutter, die viel zu oft aufkreuzte und nach dem Rechten sah.

Die ersten Arbeitszahlungen waren so horrend hoch, dass wir das Sparbuch plündern mussten. Doch die ersten wirklichen Rechnungen waren unser Ruin: Baumeisterarbeiten, Zuschneide- und Hobelarbeiten, Fundamentierungen, Stufenbau, Steinverbund, Brunneninstallierung, Dachdeckung, Spenglerarbeiten, Grundierungen und Streichungen, Erdarbeiten, Lieferungen jeder Art und vor allem die Löhne für all die Arbeiten Tag für Tag, die sogar die Materialkosten bei weitem übertrafen.

Über 100.000 Euro waren zu bezahlen und dabei fehlten noch die neuen Pflanzen auf dem Hochbeet, die Hollywoodschaukel und ein Strohhut.

Meine Frau hatte inzwischen endlich einen Liebhaber gefunden und zog aus. Sollte etwas vom Verkauf der Bude nach Bezahlung der Schulden übrigbleiben, möge ich es ihr doch bitte überweisen. Ich hätte ja dann noch das Auto und den Häcksler. Ja und so kam es auch: Ich bezog ein illegales Zimmer im Bauhof meines Freundes und außerdem bezog ich Notstandshilfe, da das Haus zu wenig wert gewesen war und ich auch den Job als Schulwart verloren hatte.

Doch tüchtig, wie ich nun einmal bin, mache ich da und dort gelegentlich Gartenarbeiten und gewöhne mich an mein neues Leben.

P.S.: Einen neuen Namen haben mit dir Leute inzwischen auch gegeben: „Der Häcksler".

Das Mittagessen

Sonntäglicher Besuch: Sandra, die Cousine meiner Frau, mit Mann und Sohn.

Wir hatten uns schon über ein Jahr nicht gesehen und freuten uns, dass es endlich klappen sollte.

Pünktlich, fünf Minuten vor zwölf, hörten wir ein Auto und öffneten die Tür. Sandra stieg aus, warf ihre Haare zurück und strich ihr Dirndlkleid glatt. Egon zwängte sich aus dem neuen Audi und machte hinten auf für Rene. Unser Sohn drängelten auch zur Tür und wir begrüßten uns alle herzlich: „Wie war die Fahrt - schön ist es bei euch - ja, ihr habt das schöne Wetter mitgebracht - ja Rene, du bist aber groß geworden – schau, die sind für dich, gib sie gleich in eine Vase – aber Egon – usw. usw." Im Haus roch es köstlich. Maria hatte das Essen schon eine Woche lang geplant. Die Entenbrust war aus dem Innviertel, die Kartoffelknödel nach einem Rezept von Lafer und der Schwarzbeersaft extra aus Forstau. Mein steirisches Bier und der italienische Wein waren natürlich sowieso in genügender Menge vorhanden. Rene sauste voraus zum Esstisch, umrundete ihn zweimal, und übernahm den Vorsitz.

Ich wollte ordnend eingreifen, aber das hatte schon mein Sohn übernommen, indem er Rene am Hemd wegzuziehen versuchte. Sandra sah mich von der Seite an und ich lächelte zurück. „Sandra, Egon, wie wär's mit einem Aperitif?" Zwei Gläser am Tisch fielen um und die Buben kämpften fast lautlos, aber immer verbissener miteinander.

Maria rührte am Herd in einem Topf herum und begann ein Lied zu summen. Tja es geht eben nichts über einen gemütlichen Sonntag zu Hause. Aus den Augenwinkeln erkannte ich, dass das Tischtuch verrutschte, aber mein Rettungsversuch mit der Campariflasche in der Hand kam zu spät:

Zwei Gläser fielen zu Boden, die Salatschüssel schlitterte nach und zerbrach auch. Mein Sohn starrte mich mit weit offenen Augen und Mund an und Rene suchte seine Brille. Ich schimpfte mit meinem Sohn und meinte aber mit jedem lauter werdenden Wort den anderen. Maria versuchte zu beruhigen und hob die Scherben auf. Unsere Besucher hatten inzwischen auch das Soda gefunden und stießen mit uns an. Na dann Prost!

Eigentlich war mir Egon nie wirklich sympathisch gewesen. Und Sandra? Die war auch schon einmal schlanker und adretter. Charm hatte sie ja nie die verkorkste Hinterwäldlerin, aber so blöd wie jetzt hat sie auch noch nie geschaut.

Von der Terrasse her drangen Schnauben, Stöhnen und unterdrückte Schreie herein.

Ich stieß Egon beiseite und lief hinaus. Er erwischte mich noch an den Trägern und ich verlor meine Hose. Die Frauen stiegen über mich und zwängten sich zugleich durch die schmale Tür. Ich riss Sandra zurück und damit auch ihr Dirndl in zwei Teile. Egon erwischte Maria bei den Haaren und sie schlug ihm taumelnd die Hand ins Gesicht. Blut, Fetzen und schwerer Atem beherrschten die Szene.

Unsere neugierige Nachbarin musste das geahnt haben, denn schon bogen Polizei und Rettung mit lautem Geheul ein und stürzten aus ihren Fahrzeugen. Kurz darauf versuchte sich noch die Feuerwehr einen Weg zu bahnen, denn bei uns stieg Rauch auf, weil inzwischen nicht nur Schnitzel und Pommes Frites angebrannt waren, sondern die gesamte Küche in Flammen stand.

Bis das Löschwasser durch das Wohnzimmer auf die Terrasse lief, waren wir inzwischen alle notärztlich erstversorgt. Die Polizei war lästig, stellte dumme Fragen und faselte etwas von einem gerichtlichen Nachspiel. Die Feuerwehrler hingegen waren gesellige Typen und sahen ein, dass sie sich im Keller selbst an Schnaps, Bier und Wein gütlich tun könnten.

Die hundselendigliche Verwandtenbagage verkrümelte sich endlich in ihr blödes Auto und verschwand schließlich. Nun konnte ich wieder frei atmen, nahm meine Frau in den Arm und hob unser Söhnchen hoch. Ach war das schön.

Jetzt meldete sich aber auch riesiger Hunger. Die Feuerwehrleute hatten ja inzwischen den Durst gelöscht und kurvten heim zu ihrem Schweinsbraten. Aber was sollten wir verstörten und abgehausten Typen jetzt machen? Eigentlich kam da nur die Tankstelle mit ihrer Raststätte in Frage. Doch das war ein Fehler: Silberne Angeberautos gibt es ja mehrere und Frauen in Dirndlkleidern auch, aber das mit dem Unsympathler mit der gequetschter Nase und dem Rotzlümmel dazu, war eindeutig zu viel.

Wir drehten auf der Stelle um und liefen in den Shop der Tankstelle: Schnell drei Tramezzini, drei Cola, ab ins Auto und nichts wie weg. Im Schatten der Friedhofsmauer fanden wir einen kleinen Parkplatz und fühlten uns unbeobachtet. Wir bemühten uns ruhig zu sein und nicht alles sofort hinunterzuschlingen, schließlich war das ja unser sonntägliches Mittagessen.

P.S.: In den Abendnachrichten erfuhren wir dann von einem Küchenbrand in unserem Ort und einem Geisterfahrer auf der nahegelegenen Autobahn. Angeblich nur Sachschaden und eine gequetschte Nase des Lenkers.

Das Büro

Herr und Frau Anselmi waren Makler. Sie hatten sich selbständig gemacht und ein eigenes Büro im Zentrum eröffnet. Nach einem Jahr mit anfänglichen Existenzängsten wurde noch eine Bürohilfe eingestellt und man konnte sagen, sie hatten es geschafft.

In Frau Anselmi reifte allmählich der Wunsch, das Büro zu verschönern, ihm einfach einen neuen Touch zu geben. Als sich eines Tages Herr Hauser bei ihr über etwas erkundigen wollte, packte sie die Gelegenheit beim Schopf und sprach mit ihm über seine neue Feng-Shui-Ausbildung. Er fühlte sich geschmeichelt und ließ mit Kennermiene seinen Blick schweifen: Mit der Länge des Raumes und der Ecke da hinten, da waren sie sich sofort einig, da müsste etwas geschehen. Man sollte natürlich überprüfen, inwieweit Wasseradern und Verwerfungen vorhanden seien, das Raumklima nach vorherrschenden Grundelementen abchecken, eine Elektrosmogprüfung machen, die energetischen Werte vor allem die der Sitzplätze analysieren usw. usw. Was er von der Idee der neuen Raumwelle hielte, ob er auch auf astrologische Gegebenheiten einginge und wie er es mit der Farbgebung hielte … Ja, sie waren sich einig, da sollte bald etwas Tolles geschehen.

Herr Hauser gab allerdings zu bedenken, dass sie schon vorher mit ihrem Mann darüber reden müsste, denn so eine Einrichtung spiegle auch ihre eigene Beziehung und die zu den Kunden wider und man sollte die Kraft der Plätze nicht unterschätzen, ebenso die Symbole und eben überhaupt.

Herr Hauser bekam den Auftrag. Er fotografierte den Eingang, die Ecken und Wände, zeichnete einen Plan, erkundigte sich über Nebenräume, ging mit Kompass, Wünschelrute und Pendel herum, fragte die Bürohilfe, notierte, zeichnete, schaltete Lichter ein und aus, schwitzte, saß in Ecken, starrte an die Decke und verschwand schließlich für zwei Tage.

Als er mit Herrn Anselmi telefoniert und ihm den 20-seitigen Bericht mit den Analysen und den neuen Gestaltungsvorschlägen geschickt hatte, verspürte er ein komisches Gefühl. Die Kräfte der Veränderung hatten alle erfasst, betört und verstört. Zum gemeinsamen Abschlussgespräch kam es nicht mehr. Was war geschehen?

Das Fräulein hatte gekündigt, da sie herausgefunden hatte, dass sie ihren Schreibtisch gegen ein Stehtischchen bei der Garderobe, dem sogenannten Helferbereich tauschen sollte.

Frau Anselmi warf ihrem Mann Prunksucht vor, als sie erfuhr, dass er heimlich nach einer Art Pfauenthron suchte und schon ein vergoldetes Telefon bestellt hatte. Sie selbst hatte Herrn Hauser jedoch gebeten, ihren Tisch unauffällig im Ruhmesbereich zu platzieren. Dass ihr Mann ein Poster der Weltbank für die Reichtums- und einen weiblichen Akt für die Partnerschaftsecke vorgesehen hatte, war ihr zu profan.

Zum Krach kam es endgültig, als durchsickerte, dass Hauser als energetische Mitte einen Springbrunnen geplant hatte, Frau Anselmi sich ein Blumentischchen gewünscht und Herr Anselmi endlich freien Platz mit einem ordentlichen Perser am Boden gewollt hatte.

Das Energetische nahm seinen Lauf: Das Büro wurde erst vorübergehend und dann endgültig geschlossen. Die Anselmis trennten sich. Sie fand Anstellung in einem Dekorladen und er übernahm den Telefondienst bei einer Versicherung.

Der neue Mieter, Herr Yussuff, vermittelt nun Reisen. In der Mitte seines neuen Büros liegt ein prächtiger Orientteppich mit einem kleinen Brunnen drauf und einer echten Lotusblüte. Er spielt gerne mit seinem vergoldeten Handy, seine Frau kocht Tee am Ruhmesplatz und die Helferin macht lächelnd die Tür auf.

P.S.: Herr Hauser ist gerade unterwegs zu einem Schamanenkongress.

Die Ordination

Baldur wollte sich als Zahnarzt selbständig machen. In Gutendorf war ein Haus frei geworden, ein interessanter moderner Bau, der sich in das traditionelle Ensembel gut einfügte. Im Parterre eine Bank und ein Sportgeschäft und der ganze 1. Stock frei.

Er fand einen guten Architekten, entfaltete seine Kreativität und schon bald war etwas wirklich Neues und Großartiges entstanden: Der Besucher landet in einem herrlichen Oval und spürt den kreisenden Energiefluss, sieht die helle Reception, moderne Bilder, einen Springbrunnen, schreitet auf einem weichen Teppichboden, hört freundliche Stimmen und, hoffentlich hat er sich geirrt, das hohe Surren eines Bohrers im Hintergrund. Doch kein Grund zur Sorge: Es warten ein guter Sitzplatz im anspruchsvollen Wartezimmer mit herrlichem Blick auf den Dorfplatz sowie Blumen, Musik und ein Lächeln der Sprechstundenhilfe. Tja, nicht schlecht!

Der eigentliche Ordinationstrakt hat viel Glas und futuristisch anmutende Räume. Auffällig sind auch die riesigen Bilder, nach denen die Räume benannt werden. Die Mundhygiene im „Frühling", normale Erledigungen im „Sommer", gröbere Arbeiten, wie Implantationen oder Entwurzelungen erfolgen natürlich im „Herbst" und auf die dritten Zähne wartet man schließlich im „Winter".

Der heimliche Mittelpunkt ist aber der Mitarbeiterraum mit Küche, aus dem immer Lachen schallt. Baldurs Büro liegt am Ende des Flurs, hat einen kleinen Balkon Richtung Süden und neben der Palme steht immer eine Flasche Champagner für besondere Anlässe.

In der Euphorie des Aufbauens machte der Herr Doktor aber einen entscheidenden Fehler! Als Perfektionist wollte er alles optimieren und so holte er einen Geomanten, einen Profi für Raumanalysen und –energetisierung. Damit nahm die Sache endgültig ihren Lauf und war nicht mehr zu bremsen:

Dieser steuerte nämlich das Chi im Vorraum, entodete den Winkel im Warteraum, baute eine Verschwenkung in den Gang, neutralisierte die Wasserader im „Frühling", verschob den Hartmannknoten im „Sommer", energetisierte eine Leyline im "Herbst" und holte die abgewanderte Bachdeva wieder an den Balkon des „Winters" heran. Im Mitarbeiterraum entfernte er den Traumfänger und im Büro baute er eine Installation aus vier Edelsteinen. Die Energiewerte stiegen um zweihundert Prozent und als krönender Abschluss wurde mit dem gesamten Personal bei Vollmond ein Ritual zelebriert, dass man die Trommeln bis Mieselberg hören konnte. Fantastisch!

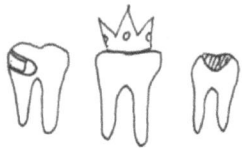

Die neue Ordination schlug gewaltig ein und die notwendigen Nebenräume mussten schon bald auf das Dachgeschoß ausweichen, das man um drei Meter anhob. Die Bank erfuhr einen ungeahnten Zulauf und baute seitlich an. Das Sportgeschäft boomte plötzlich ebenfalls, überdachte den Gehsteig und führte einen eigenen Kundenshuttle zum Ortsrand ein.

Der angrenzende Gutenbach wurde umgeleitet und aufgestaut, damit noch ein neues Cafe Platz hatte. Es war eine richtige Dorferneuerungsbewegung entstanden.

Gutendorf wuchs und wuchs, der Bürgermeister bekam einen Orden, das Land gewährte das Stadtrecht und das Verkehrsministerium schwankte zwischen dem Bau einer vierspurigen Straße oder einer neuen Bahnstrecke.

Inzwischen waren nicht nur die Ärztekammer und die Universität aufmerksam geworden, sondern auch die Presse: Die Schöngauer Nachrichten schrieben über „Baldurs neue Praxis" der Express von der „Feng-Shui-Ordi in den Bergen" und die Neue Post vom „Aufschwung Zahn um Zahn". Selbst die amerikanische Fachzeitschrift „drill" (der Bohrer) widmete ihm eine ganze Seite.

Allerdings hatte sich aber auch vieles verselbständigt: Der Warteraum wurde wegen seiner Beliebtheit auf besonderen Wunsch der Gemeinde 24 Stunden offen gehalten, weil auch normale Bürger und Urlauber dort sitzen wollten. Die Behandlungsräume schlossen lediglich von 0:00 bis 6:00 Uhr, weil der Andrang so groß war. In einem Nebengebäude begann die Produktion von selber entwickeltem rechtsdrehendem „Bohrwasser". Die Sommer- und Winterprospekte der Region bringen aktuelle Bilder und neuerdings kommen ganze Russen-Busse zur Visite.

Inzwischen war auch die Politik auf unseren Doktor aufmerksam geworden: Die einen lobten seine wirtschaftliche Innovation, die anderen die soziale Einstellung und wiederum andere das umweltschonende Bohrwasser. Nur eine Gruppierung kritisiert die Anstellung einer bosnischen Gehilfin und dass man sogar schon einmal einen Afrikaner dort gesehen habe.

Nachdem wieder einmal sein Büro von einem Seminar in Beschlag genommen worden war, buchte er spontan eine Reise für sich allein und weit, weit weg.

In Stonetown auf Sansibar spazierte er über einen Platz. Dort fiel ihm ein Sonnenschirm auf. Darunter saß ein Mann mit nach hinten gestrecktem Kopf und ein anderer griff ihm in den Mund. Danach richtete der sich wieder auf, nahm einen Geldschein entgegen und wartete auf den nächsten Patienten.

P.S.: So eine ganz kleine und einfache Ordination da, das wär doch was! Oder?

Die Farbe

Das alte Zimmer im ersten Stock sollte endlich einmal renoviert werden. Es war seit Jahren schon eine Art Gästezimmer. Doch nun sollte es neuer und schöner werden und eben überhaupt.

Das alte Bett landete beim Sperrmüll, die Nähmaschine in Bosnien, die Truhe im Dachboden und die Kredenz im Keller. Die zwei alten Holzschränke durften bleiben und der runde Tisch auch. Kehren, Saugen und Wischen, Abhängen von alten Bildern und sonstigem Dekor, Lüften, Räuchern und Vieles mehr ließen einen neuen Hohlraum entstehen. Vier weiße Wände und eine weiße Decke gähnten uns entgegen und riefen laut nach Farbe.

Ja Farbe. Endlich wurde mein Gestaltungsdrang wieder geweckt und die Phantasie begann zu blühen: Blauer Himmel oben, gelbe sonnige Rückwand, grüne Seiten, erdiger Boden und eine rote, quasi erotische Wand im Süden, gelbe Deckenbeleuchtung und noch eine Waldtapete oder ein Wasserfall?

Ach Gott, der alte Vorhang war ja auch noch da. Altmodisch Ton in Ton und aus echtem Leinenstoff. Wer will das schon, wenn es schrille Alulamellen und LED-Spots gibt!

Also Farbe musste rein, das war klar. Ein klares Rot schmetterte meine Frau vehement ab und so einigten wir uns auf Orange. Der richtigen Wellenlänge konnte auch meine Frau nicht mehr widerstehen und ich war in meinem Element: Ich begann die Vorderwand zu streichen. Die gegenüberliegende Wand musste sowieso gleich aussehen, die tragenden Deckentrame kamen bemalt auch besser zur Geltung und die braunen Fenster sollten auch nicht mehr so alt wirken. Als ich gerade die Tür streichen wollte, betrat meine Frau wieder den Raum und täuschte eine kleine Ohnmacht vor. Ich fing sie auf und traf dabei mit dem Pinsel den Türstock. Also musste ich wenigstens diesen fertigstreichen. Damit war der Damm gebrochen: Sie fing an zu lachen und meinte, jetzt sei es schon egal und ich könnte alles anstreichen, was ich wolle.

Doch der Rest der Dose reichte nur noch für das Fenster im Stiegenhaus. Dann musste ich Nachschub holen. Da im Baumarkt nur mehr ein 5-kg-Kübel zu haben war, nahm ich diesen mit, noch dazu, wo er nur das Dreifache einer 1-kg-Dose kostete.

Wieder zu Hause, war meine Frau nicht da und so machte ich mich über die Haustüre und das Garagentor. Ach Malen konnte schon schön sein, aber es machte auch durstig. Auf dem Weg zur Bierkiste sah ich erst, wie vollgespritzt und angepatzt ich von oben bis unten war.

Das Bier auf der Hausbank schmeckte prima und noch nie war mir eine Halbliterflasche so klein vorgekommen wie jetzt. Apropos Bank: Mein Gott sah die schäbig aus und rief nach Farbe. Mindestens eine

Stunde lang strich ich da herum, weil die ja vorn und hinten, links und rechts und oben und unten zu streichen war.

Dummerweise hatte ich kein Papier oder eine andere Unterlage verwendet und so war der Steinboden ziemlich in Mitleidenschaft geraten. Was sollte ich tun? Selber voller Farbe konnte ich auf keinen Fall wegfahren, um ein Lösungsmittel zu besorgen. Drei Kilo Farbe und ein paar Bier im Keller hatte ich ja noch. Also los: Auf den Knien, mit der Flasche in der linken und dem Pinsel in der rechten Hand, arbeitete ich mich die ganze Hausfront entlang. Den Haussockel nahm ich gleich mit, weil es schwierig war, die Kante genau zu erwischen. Ach Streichen konnte schon mühsam sein!

Als der Farbkübel und die Bierkiste leer waren, musste ich auf der Terrasse eingeschlafen sein. Wieder erwacht, taten mir die Beine und Arme weh und mir war schlecht vor Hunger. Es war inzwischen finster geworden und ich ging ins Haus.

In der Küche leuchtete eine Kerze in mildem orangen Licht und daneben lag ein Zettel. Darauf nur zwei Worte: „Tschüss, Sandra"! Was sollte das? Ob sie neue Farbe holt?

P.S.: Sie kam nicht mehr, dabei hatte ich es doch nur gut gemeint!

Der Ausflug

Die Turnerinnen waren eine kleine Gruppe von Frauen, die sich regelmäßig Mittwoch Abend trafen und unter Anleitung von Sandra Gymnastik machten, anschließend Ball spielten und schließlich noch ins Gasthaus zur Post gingen. Aus der geplanten Mineralwasserbestellung wurde eigentlich immer ein kleines Bier und im letzten Moment doch besser ein großes.

Im Frühjahr war wieder ein Ausflug an der Reihe und Sandra machte den Vorschlag nach Wien zu einem Musical zu fahren. Da die meisten sowieso keine Ideen hatten, wie sich beim Ballspiel und den Gesprächsthemen immer wieder herausstellte, war das schnell beschlossene Sache. Zwei hätten am vorgeschlagenen Termin wahrscheinlich keine Zeit, eine müsste noch ihren Mann fragen und Hilde käme Graz eigentlich besser vor.

Sandra bemühte sich um einen kleinen Bus und günstiges Quartier und konnte beim nächsten Treffen schon ein konkretes Angebot vorlegen. Von den zwölf Frauen waren die Zweiflerinnen tatsächlich unabkömmlich, Hilde, stur wie immer, führe nur nach Graz mit und Theresia teilte der Runde etwas verlegen mit, dass sie auch nicht mitkäme, weil ihr beim Fahren in letzter Zeit immer schlecht wird und sie auch in diesem Jahr nicht mehr kommen würde, da ihr der Frauenarzt vom Ballspielen abgeraten hätte. Das war natürlich sehr schön und sehr schade zugleich, aber Sandra hatte sofort errechnet, dass acht Personen plus Fahrer genau in einen VW-Bus passten und so der Fahrpreis günstiger ausfallen müsste. Aber sonst waren alle happy und Sandra sollte sich noch genau erkundigen, welches Theater am besten passe.

Als Sandra am nächsten Mittwoch das Raimundtheater mit „Sissi" vorschlug, fehlte Helga, ließ aber ausrichten, dass sie wahrscheinlich auch nicht mitfahren könnte wegen einer Taufe oder Firmung oder sonst so was in der Verwandtschaft. Karin nützte die Gelegenheit und faselte etwas von Handwerkern im Haus und blickte betrübt drein. So waren aus zwölf sechs geworden. Sehr schade, aber so ist es halt und das sollte die Vorfreude nicht schmälern und irgendwie war ja immer klar gewesen, wer eben wirklich zum harten Kern der Gruppe gehörte und überhaupt!

Als eine Woche vor dem geplanten Ausflug Maria und Gabi telefonisch absagten, war Sandra drauf und dran die Verantwortung hinzuwerfen und die Fahrt abzublasen. Doch andererseits könnte man zu viert auch locker im PKW fahren, sich besser unterhalten und die Karten waren ja Gott sei Dank noch nicht bezahlt. Nur die Harten kommen eben durch!

Wirklich ärgerlich war allerdings, dass Katrin zwei Tage vor der Abfahrt Sandra mitteilte, dass sie mit ihrem Sohn schon vorausfahren und auch bei ihm übernachten würde. Ins Theater ginge sie allerdings schon mit, denn ausgemacht sei ausgemacht.

Sandra, die gute, erfing sich rasch und schlug vor, jetzt, wo sie nur mehr zu dritt seien, wäre es doch ganz nett einmal mit dem Zug zu fahren. Soweit so gut: Samstag, 5. April, 8:36 Uhr, Abfahrt nach Wien.

Am nächsten Tag standen um halb neun, zwei Frauen, gut gekleidet, frisch gefönt und mit Köfferchen am Ticketschalter: Sandra druckte sich ihren Fahrschein aus, Tina auch und Ute war wieder einmal zu spät. Der Zug fuhr ein. Typisch, eigentlich hätten sie es sich ja denken können. Mittwoch kommt sie ja auch immer zu spät, diese Schlampe. Kein Wunder, dass ihr der letzte Freund auch davongelaufen war. Geschieht ihr schon recht.

Die Fahrt nach Wien war gut und das Hotelzimmer auch. Die Abbestellung des zweiten war kein Problem gewesen und der ganze Nachmittag und Abend lag vor ihnen. Es war wirklich schön wieder einmal das Flair dieser Stadt zu spüren und in ihre Betriebsamkeit einzutauchen. Erst ein gemeinsamer Bummel, dann vielleicht etwas shoppen und schließlich ein kleiner Imbiss vor der Vorstellung, ja und noch schnell Katrin anrufen, damit sich dann alle spätestens um 19 Uhr vor dem Raimundtheater treffen.

Das Wetter war gut, die Geschäfte voll, der Kaffee hervorragend und die Torte wieder etwas zu üppig. Am Hohen Markt spielten Indios, am Graben eine Brassband und am Stephansplatz ein junger Gitarrist. Musik und Wien – einfach wunderbar, dann das Theater und vielleicht noch ein Heurigenbesuch zum Abschluss – ach Wien, wie schön, wieder einmal hier zu sein!

Sandra fragte einen Passanten, wie sie am besten zum Raimundtheater käme. Aber das war ein Fehler, denn fünf Wiener ergeben mindestens sechs verschiedene Antworten. Außerdem Straßenbahn kompliziert, U-Bahn unheimlich, Taxi teuer, also wieder zu Fuß, schließlich ist es ja auch der Ausflug der Turnerinnen.

Aber was soll ich euch sagen? Um es kurz zu machen: Sandra war um dreiviertel sieben dort, Katrin rief an, bat nicht böse zu sein, es sei etwas dazwischen gekommen und Tina kam und kam nicht. Was war geschehen? War sie womöglich auch schwanger oder hatte sie zufällig ihren alten Kollegen getroffen, den Heiner oder Heinz, jedenfalls so ein Heini von der Postsparkasse?! Sandra verschwitzt, verstrubbelt und allein auf drei Plätzen? Das war denn doch zu viel. Der Ausflug und der Abend schienen in einem Fiasko zu enden, doch es kam dann doch noch ganz anders, aber das ist eine andere Geschichte.

Sogar auf der Heimfahrt blieb Sandra nicht lang alleine im Zug und überlegte, ob nicht eine gemischte Turngruppe in Zukunft interessanter wäre.

P.S.: Den zurückgebliebenen Sechs war die Sache peinlich und sie hatten sich ganz spontan entschieden am Sonntag einen gemeinsamen Ausflug auf die Bürgerbergalm zu machen. Gesagt, getan. Es war ein netter Ausflug!

Die Trompete

Onkel Franz wurde sechzig. Er wollte wieder einmal alle seine Verwandten um sich scharen und ein richtiges Familienfest feiern. Nach einigen Überlegungen und Planungen war es so weit: „Große Geburtstagsfeier am 1. Mai um 12 Uhr beim Schlosswirt in Guglham."

Das Wetter war schön und der neue Anzug von Onkel Franz auch. Tante Hilda kam vom Frisör und der Mercedes aus der Waschanlage. Der Blumenschmuck und das Fleisch waren frisch am Vortag geliefert worden und alles war in bester Ordnung.

Die Verwandten trafen alle fast gleichzeitig ein: Sein Bruder und seine Schwester, ein Cousin aus Deutschland, die Söhne Karl und Kurt mit ihren Familien, Tochter Karin, noch eine Cousine. Nur Toni, der Sohn von Karin, fehlte.

Tante Hilda hatte das Kommando übernommen und der Wirt das Einschenken. Karl brachte einen Toast aus und alle nahmen Platz. Wie schön doch der Tisch gedeckt war und wie raffiniert die Menüzusammenstellung, wie gut sie doch alle aussähen und wo Toni wohl wäre. Die Schnitzel waren hervorragend und das Bier natürlich vom Fass. Onkel Franz wollte etwas sagen, doch da ging die Tür auf und Toni stand da mit seiner Trompete.

Toni hob die Trompete an die Lippen und spielte „Zum Geburtstag viel Glück". Beim Refrain sangen alle „Happy birthday lieber Fra-anz" und klatschten.

Toni setzte noch einmal an und blies eine Fanfare von Sepp Neumayer. Es war ganz ruhig geworden und alle starrten wie gebannt auf den Buben mit seiner Trompete. Nachdem er sich mit der Zunge über die Lippen gefahren war, hob er noch einmal seine Trompete zum Mund und legte den Kopf nach hinten.

Er spielte die „Ode an die Freude": Erst ganz verhalten und piano, steigerte sich zu einem mezzo forte und fiel wieder leicht zurück. Er hatte die Idee und Vision erfasst und gab sich voll der Harmonie und der innewohnenden Elegie hin. Er spielte alles auswendig und man konnte gar nicht glauben, dass dies das Spiel eines Zwölfjährigen war.

Der Klang der Trompete hatte nicht nur die Menschen, nicht nur den großen Saal des Schlosswirtes, nein, er hatte das ganze Haus in seinen Bann gezogen. Alles schien im Gleichklang zu vibrieren und zu verschmelzen. Das langgezogene dreigestrichene „c" zog noch einmal alles hinauf in ungeahnte Höhen, verlor sich, um zwei Oktaven tiefer wieder verwandelt aufzutauchen und alles zu erlösen.

Längst hatte das Spiel der Trompete die Mauern des Hauses überwunden und sich im ganzen Ort ausgebreitet. Die Leute wandten den Kopf den Klängen zu, Autos hielten an, ja selbst die Zeit schien stehenzubleiben. Es war mehr als eine Stimmung, mehr als Schwingungen. Es war ein Zauber, es war Magie … es war unglaublich!

Tante Hilda hatte sich als erste wieder gefasst, Toni
geküsst und gelobt:

Er wäre wirklich großartig gewesen und wo er das
so schön gelernt hätte und überhaupt. Man nützte
diese Wiederkehr in die Realität und brachte bei dieser Gelegenheit Onkel Franz die Geschenke und ein
Gedicht. Später gab es noch Kaffee und eine wun-
derschöne Torte für alle. Es war ein großartiges Ge-
burtstagsfest geworden.

P.S.: Toni wurde noch ein großer Trompeter und Onkel Franz war stolz auf ihn, denn schließlich hatte er
ihn ja entdeckt.

Das Rendezvous

Jawohl, es hat funktioniert. Sie hatte ihm auf seine e-mail geantwortet und sie würde sich gerne mit ihm einmal treffen. Vielleicht nächste Woche in Graz? Vielleicht zu einem Essen im Hotel Europa, auf der Dachterrasse? Die warmen Frühlingstemperaturen würden das wahrscheinlich schon erlauben und liebe Grüße.

Wie lang war es jetzt her, dass er sie nicht mehr gesehen hatte? Zwei Jahre oder gar schon drei? Ob sie immer noch ihre langen roten Haare und die langen roten Fingernägel hatte? Sie hatten sich vor einer Ewigkeit in der Stadt getroffen. Er kam aus einer Buchhandlung und sie wollte gerade hinein. Eine flüchtige Umarmung, ein paar Worte und, obwohl sie es beide eilig hatten, doch ein kleiner Kaffee gleich nebenan. Vordergründig herrschte belangloser Smalltalk und doch gab es auch die Momente, wo sich ihre Blicke trafen. Ja wahrscheinlich waren es wirklich schon drei Jahre her. Ob sie noch allein lebte? Er hatte noch den Satz im Ohr, dass es viel zu wenig Lover gäbe. War das ein Hinweis, der ihm Mut machen sollte? Wie sollte er sich geben? Jovial und als alter Freund oder offensiv und als ein Mann, der soeben eine gut aussehende Frau trifft?

Er war pünktlich um 11 Uhr 40 mit seinem Auto vor dem Hauptbahnhof. 11 Uhr 50 und keine Jaqueline. Weder vorne, noch im Rückspiegel. Sollte er „Jaqui" zu ihr sagen, wie damals am See? Nein, das wäre zu anzüglich. Es war ein Meisterstück von ihnen gewesen, wie sie damals ihren Bruder ausgetrickst hatten, der dann alleine im Kino saß. Die Aufregung von damals hatte ihn wieder erfasst, als es an das Seitenfenster klopfte. Jaqueline?! Sie war älter geworden und ihr Mantel war parfumiert. Doch der Schwung mit dem sie sich ins Auto setzte, war noch der alte. „Hi Jaqueline!" „Hi Peter!" Sie ließ sich auf die Wange küssen. „Zum Europa?" „O.k." Im Lift wären sie beinahe alleine gewesen. Na, ein bisschen stärker war sie auch geworden, aber die Haare! Wenn schon gefärbt, dann doch nicht so feuerrot! Ihr Kastanienhaar war es, das ihm immer wieder in den Sinn gekommen war. Die langen Haare, die nackten Schultern, die blasse Haut mit den Sommersprossen und überhaupt. Wie lange war das jetzt her? Dreißig Jahre? Einunddreißig?

Eigentlich wollte er auf die Terrasse gehen, doch sie flatterte voraus in den großen Saal und platzierte sich vor dem Wandspiegel auf die Bank. Als er die Speisekarte aufschlug, gab sie ihm den Tipp vom zarten Hühnerbrüstchen auf blanchierten Spinatblättern an Artischockencreme und dass der Riesling hier zu empfehlen sei.

Eigentlich hatte sie kleine Hände und ihr Lächeln war bezaubernd. Was er schon immer an ihr bewundert hatte, war ihre Art zu reden: Die bedachte Wortwahl und eine schöne gepflegte Aussprache, an der man das Wienerische gerade noch oder eben gerade nicht mehr heraushören konnte. Charmant. Ach Jaqueline! Als er über Urlaub und sinnliche Freuden sprechen wollte, schnitt sie dem Seeteufel den Kopf ab und spießte eine Krokette auf.

Eigentlich hatten sie nur über belanglose Sachen gesprochen: Über Steine im Garten, über ihre neue Couch und sein Navigationsgerät, über ihren Aufenthalt in Paris voriges Jahr, über Krankheiten in Indien und über ihren Hund. Als sie vom Laufen am Seeufer sprach, wollte er schon nach ihrer Hand greifen, doch da sah sie ihn an und fragte nur, ob ihm nicht gut wäre.

Beim Dessert, dachte er, jetzt sei der Zeitpunkt endlich gekommen, wo es doch noch ein bisschen persönlicher werden könnte. Doch da erwähnte sie, was sie alles noch erledigen müsste. Jetzt, wo sie schon einmal in der Stadt sei und überhaupt. Sie ließ sich in den Mantel helfen und er zahlte. „Danke, lieb von dir."

Ach, der Klang ihrer Stimme, und so schlecht roch der Mantel gar nicht. „Jaqueline, warum so eilig? Wir könnten doch noch gemeinsam etwas …" „Geht nicht. Ich nehme den Bus. Wir bleiben in Verbindung, ja?"

Er wartete mit ihr auf den Stadtbus und küsste sie auf die Lippen. Sie stieg ein, winkte noch aus dem Fenster und lächelte. Er hob auch die Hand und war enttäuscht. Er hätte noch zwei Stunden Zeit gehabt. Schade.

P.S.: Den Buchladen gibt es nicht mehr und er hatte sie auch nie mehr gesehen.

Der Urlaub

Der Sand ist heiß, die Sonne brennt,
der Vater schnell in´s Wasser rennt.
Das Wasser ist heut ziemlich warm
und reicht ihm schon bis unters Kinn (?).
Der Nachbar, der mit Bauch und Glatze,
der fällt schon gleich von der Matratze.
Da, endlich kommt, lasziv der Gang,
Paola jetzt den Strand entlang:
Bikini knapp, schön braun der Po,
ich mag gern Fleisch, gegrillt und roh.

Oleander – steh´n beinander
Wäscheleine – Kinderbeine
leere Gläser – dürre Gräser
lange Nudeln – Kinder ludeln
miese Muscheln – Frauen tuscheln
stolze Schwäne – Wasserhähne
cinquecento – mords lamento
melanzani – mog i kane
cappuccino – und an vino
wieder sitzen – weiterschwitzen …

Der Sand ist heiß, die Sonne brennt,
die Mutter schnell in´s Vorzelt rennt.
Viel Knoblauch, Öl und frischer Fisch,
hurtig Kinder, kommt zum Essen (?).
Ein Glas Wasser und kein Wein,
doch zum Schluss das Eis ist fein.

Zurück am Strand, die Welle schwappt,
der Schirm zu klein, der Sessel klappt ...

Ach ja - der Urlaub in Bolsena,
der ist einfach nicht schöner!

Der Pilger

Buen Camino - Hola - He !
tun dir auch die Haxen weh?
Mit dem Stecken in der Hand
gehst du durch das ganze Land

Jakobsmuschel, gelber Pfeil,
warum ist der Weg so steil?
Nach Pamplona noch zwei Stunden
mit den Füßen mit den wunden!

Heiße Sonne, leichter Wind,
ein Besess´ner läuft geschwind,
dann ein Dicker, krumme Beine
schlürft dahin und ist alleine.

Schotterwege, Sand, Asphalt -
wo ist ein Refugio bald ?
Pilgerpass, Gebühr und Stempel,
Durst, Gestank und auch Gerempel.

Dann ein Stockbett, alte Decken,
duschen, liegen, sich ausstrecken.
Kauderwelsch in allen Sprachen
bis du hörst nur mehr das Schnarchen.

Bocadillo, Cafe leche -
Frühstück fertig und ich quetsche
meinen Rucksack oben voll.
Denkst du so ein Tag wird toll?

Junge Deutsche, alte Polen
alle noch schnell Wasser holen.
Muskelkater, müde Knochen -
nach Santiago noch drei Wochen!